JN183196

たましいのふたりごと

川上未映子×穂村弘

筑摩書房

たましいのふたりごと　目次

カバー写真——鈴木陽介
装丁——名久井直子

まえがき

何人かでその場にいない人の噂話をしていた時のこと。一人の女性が「あの、これ、悪口じゃないよね」と云い出した。「違うよ」と誰かが答えると、彼女はほっとしたような顔をした。その様子がなんとなく印象に残った。それが川上未映子さんだった。

数年後、川上さんと二人で歩いていた時に、何かの話の流れで、こんな質問をされた。

「ほむらさん、どこかの若い女の子に好意を示されたらどうする?」

答えようとして、私が口を開いた瞬間、彼女はそれを遮ってまた云った。

「ま、待って、あのな、私はKちゃんの味方やから」

それから、はいどうぞ、という顔になる。可笑しかった。「Kちゃん」というのは私の妻である。質問に答えようとしたこちらの様子にキナ臭いものを感じて、咄嗟にそう云ったらしかった。でも、そんなことされたら、滅茶苦茶答えにくいじゃないか。

これらの出来事から読み取れることは何だろう。川上未映子という人間の対人的なフェアさか。だが、実際にその場で感じた印象はちょっと違っていて「この人、小学生みたいに真面目だなあ」というものだった。

本物の小学生の頃は私だって真面目だった。少年探偵団員のように正義を信じていた。そして、こんなことを本気で考えていた。

・宇宙の果てはどうなっているのか
・人は死んだらどうなるのか
・時間とは何か

でも、その真面目さ、本気さは、時間の流れと共に失われていった。異性とか受験とかお金とか、小学生の自分には無関係だった要素が視界に入ってくるにつれて、「宇宙」「死」「時間」のような本質的な問題を考え続けるパワーを維持できなくなったのだ。そうなるのは私だけではないと思う。多くの人が同じ道を辿っているだろう。

だが、例外的な人間がいる。例えば、川上未映子さんは、どうしてか未だに小学生の真面目と本気を維持しているのだ。そのような表現者の作風は思考実験的なものになると思う。つまり、「宇宙」「死」「時間」を初めとする造物主の定めた摂理への問い掛け、世界に初期設定された謎への挑戦、といったニュアンスを帯びやすいのだ。そのために彼女の表現は本質的な問いを孕み、書くことでその答を追究するスタイルになっている。

・愛とは何か
・罪とは何か
・自我とは何か
・他者とは何か
・性差とは何か
・身体とは何か
・表現とは何か

そのような表現者は、摂理への問い掛けという観点からは、哲学者や数学者や生物学者や物理学者や宗教者と共同作業をしていることになる。新人の頃から彼女の対談の相手にそうした他ジャンルの人が目立った理由もそれだろう。
川上さんは言語感覚もセンスも凄い。でも、いちばん凄いのは、突き抜けた本気さではないか。今回、お話しさせて貰って、それがさらにパワーアップしていることを思い知った。本気さの熱量を受け止め切れずに、冗談めいた返しになってしまうこともあった。決してはぐらかすつもりはなくて、咄嗟に身を守ろうとしただけなんだけど。そんな時、彼女は心底不思議そうに「なんでなん……」と呟くのだった。

（「も詩も詩」〔「文學界」〕の一部を改稿）

穂村 弘

はじめに

編集部　短歌と詩・小説とジャンルこそ違えど、表現者としてお互いにリスペクトしあっていて、かつ折りにつけお互いの家に遊びに行くなど、プライベートでも親しくされているお二人に文学や思想といったかためのところから恋愛や生活のなかでのよしなしごとといったやわらかいところまで、つまりは人生全般についてお話しいただければと考えて、対談集をつくりましょうと企画したのですが、とはいえそれだとあまりにも幅が広すぎて話の糸口も見えないので、お二人にそれぞれこれまで生きてきたなかでこだわりのある言葉を二六個ずつあげていただいて、あとそれだけだと意外性がなくなるので、編集部からも二六個をあげて、計七八個（誰が選んだかは言葉の後に記した。また巻末のリストを参照）の言葉について話していくことでお互いが世界を見る角度の違いとそれぞれの人生が浮き彫りになるのではないかと企図した次第です。

それではさっそくはじめましょうか。

1　打擲（川上）

編集部　いきなりハードなのが来ました（笑）。

穂村　これ、ぼくの語彙では出てこないんだけど、どうして「打擲」？

川上　わたしにとって三島由紀夫は重要な作家というわけではまったくないですけれど、ゆいいつ影響を受けたと言えるのが打擲の作法なんです。

穂村　打擲に作法ってあるの？

川上　あるんです。とくに『豊饒の海』が好きなんだけど、第四巻の『天人五衰』のクライマックスでずっと転生の物語を追いつづける本多繁邦を見守ってきた久松慶子って富豪の女性が、本多が貴種の生まれ変わりだと信じている安永透という若者を容赦なく打擲するんです、言葉で。

穂村　え？　言葉なの⁉　ふつう、打擲って、叩いたりするよね。そこからしてもう未映子さんの世界という気がする。物理的なダメージを感じるくらいボロクソに言うっていうイメージなのかな。

川上　ただの罵倒と違って、ぐうの音も出ないくらい、厳密にロジカルに情熱的に追い詰めていくんです。『ドラゴンボール』（鳥山明）の天下一武道会で俺が一番だって思いこんで、ナルシシズムと万能感に酔いしれていた若者が老婆に思いも寄らないかたちで再起不能にされる、みたいな出来事で、これは最高ですよね。こういう応酬がわたし、大好きなんです。だから、わたしの小説ってだいたい打擲シーンが出てきますね（笑）。打擲のフレーバーがないと物語は終わらない気がする。

穂村　打擲のフレーバー（笑）、すごいですね。ぼくは感じたことすらないんだけど……。

川上　短歌は文字数の制限があるから、えんえんと罵倒とかできないですもんね（笑）。

2 おめかし（川上）

穂村　「ボロクソに叩く」のと「打擲」が違っているように、「おしゃれ」と「おめかし」も違っていて、その言い換えへの偏愛に未映子さんらしさが現れているよね。

川上　「おめかし」は場も含んでるんですよね。一人だとおめかしは成立しなくて、誰かのためにおめかしするんだと思う。七五三とか成人式とか結婚式とか。七五三におしゃれして行くとは言いませんよね。

穂村　「おしゃれ」とか「よそおい」とか、少しずつ印象が変わってるんだね。

川上　もちろん根っこはおなじなんですけど、雰囲気の違いがいいっていうか。たとえば、おしゃれとかメイクは大人じゃないとできないけど、おめかしは子どもでもできる感じ。べつにおしゃれじゃないひとだっておめかしすることができるわけであって、そういうところが好き。もっと言うと、おしゃれって他者の承認によって成立するところがあるけれど、おめかしって自分だけで成立するんですよね。他人からみたら、まったくおしゃれじゃなくても、自分の気持ちだけでだいじょうぶ。おめかしのそういうところがいいですね。

穂村　ああ、そうか。いま未映子さんが履いているスニーカーはシャネル？

川上　うん。ドバイコレクションのなんです。

穂村　それは珍しいの？

川上　うーん、どうだろうか。お店ではあんまり見なかったな。わたしが買ったときも一足しか入荷がなかったみたい。派手だよね。

穂村　それは「おめかし」？　「おしゃれ」？

川上　これはおめかしじゃないですね。単に派手なスニーカー（笑）。そもそも、わたしはおしゃれじゃないし、どっちかっていうと、おしゃれなひとにもあんまり興味ないかな。ときどきおめかしするってひとにぐっときます。

穂村　「ハレ」と「ケ」の「ハレ」みたいな感じ？　晴れ着ってことかな？

川上　そんなに大袈裟じゃない儀式性というか、気持ちそのもの、みたいな感じでしょうか。そのへんのおっちゃんが出かけるときにくたくたのブルゾンにちょっといいネクタイ締めていく、みたいな。そういうのが好きだなあ。

穂村　なるほど。それで思い出したけど、昭和の頃はもっと「よそ行き」と「普段着」の差があったよね。

3　香水（穂村）

川上　わたし、男のひとが香水つけてるのってわりと好きなんですけど、すごくいい匂いがするなと思っても「いい匂いしますね」って言うのは、なんか、ちょっとだけはばかられるんですよね。

穂村　「素敵なネクタイですね」より言いにくいよね。具体的に誰がいい匂いしてたとかある？

川上　それが、今ぱっと思いだせるのが、『新潮』編集長の矢野優さんと思想家・批評家の東浩紀さんなんだよね……。矢野さんは何かの会食のときに、「あっ、いい匂いがする」って思って、東さんは何かのシンポジウムのときかな。文学がどうのって話しているときに、匂いのこと話すのはなんか違うなと思って何も言わなかったんですけど（笑）。

穂村　詩人の高橋睦郎さんとお話ししたときに、睦郎さんはサンタ・マリア・ノヴェッラを付けているとおっしゃってたんだけど、そこのハンドクリームだったかを映画『ハンニバル』でレクター博士も使っていて、僕の中では聖なる人喰いが付けるものって印象がある（笑）。

川上　サンタ・マリア・ノヴェッラって、なんだったっけ？

穂村　フィレンツェに一三世紀からある世界最古といわれる薬局で、オーデコロンとか化粧水とか石鹸を作ってるのね。そういう何百年って単位の歴史性ってぼくらにはもうないので、香水にせよお菓子とかにせよ、修道院で何百年も作られてきた味ですとか言われると、ついおそれいってしまう。これを付ければ僕も今日から聖なる人喰いに……と思って、付けてみたんだけど一向になる気配がない（笑）。

4 永遠（川上）

川上　「永遠」と言われて思い出すのは、笹井宏之さんの「えーえんとくちからえーえんとくちから永遠解く力を下さい」って短歌で、彼の『えーえんとくちから　笹井宏之作品集』は、もし「永遠」を一冊の本にしたらこうなるだろうなあ、と思わされるものがあります。

穂村　笹井さんが病気で身動きもままならなかったらしいという背景をどうしても考えてしまうんだよね。「えーえんとくちから」＝「永遠解く力」って、彼の痛みであり同時にその呪縛を解く力なのかな、と。しかも言葉遊びってところが最高ですね。

我々は彼の病気は共有していないけど、その言葉から宿命みたいなものは感受できるから、惹かれるんでしょうね。

川上　前に穂村さんも言っていたけど、彼の他の短歌にしても、「普遍」にじかに触っている感触があるんですよね。

穂村　笹井さんの本の批評会に呼ばれて地元の九州に行ったときに、生前の彼に一度だけ会ったんだけど、やっぱりだいぶ無理をして来ていたのね。最後に著者の挨拶として「今日はほんとうにありがとうございました」という言葉だけを、ものすごーくゆっくりと、とても真似できないくらいの口調で言ったのがとても印象的だった。そのときは、集まったみんなへの感謝の示し方として、これはないんじゃないかとか、自分だったら思いついてもできないなとか、いろいろ思ったんだけど。

川上　それは病気ゆえにそうなったんですか？

穂村　どっちかはわからない。たぶん普通に言うところの、言葉に心を込めたってことじゃなかったのかな。でも、あの挨拶もたしかに彼の「永遠」という気がした。

川上　あと『1973年のピンボール』（村上春樹）の初めのほうで、直子が僕に「ねえ、十年って永遠みたいだと思わない?」というセリフがあって、初めて読んだとき、「決まってんな……」って遠い目になった。一〇年はぜんぜん永遠じゃなかったけど(笑)。

編集部 それに永遠感を感じられるのは三〇代までって気がしますね(笑)。

穂村 「永遠」と言うと、「また見附かつた、/何が、永遠が、/海と溶け合ふ太陽が。」(『地獄の季節』「錯乱 Ⅱ」、小林秀雄訳)ってランボーの有名な詩があって、いろんなひとが訳してるけど、どれが自分にとって最高の訳か決めようとして並べたことがあったのね。でも、決められなくて(笑)。どれもどこかしっくり来なくて、決定訳がない。じゃあ原文が一番いいのかと言うと、ぼくにはわからないし。ゴダールの『気狂いピエロ』にも出てくるから字幕の訳もあって、いろんなバリエーションの中から、好きなものを選べばいいんだけど、まだ見つからない。でも、それは必ずあるので探さなきゃいけないという気持ちにさせられるのは、やっぱり「永遠」って言葉のせいだと思う。そのせいで特別の詩になってるというか。

5

未来（穂村）

穂村　これ、ぼくが選んだ言葉？

編集部　そうです。

穂村　ぜんぜん記憶にない（笑）。「過去」ならまだしも「未来」なんて、まったく自分が選びそうにない。

川上　（爆笑）。じゃあ、どうして穂村さんが「未来」を選んだのか、そこから考えていきましょうよ。

穂村　うーん……とりあえず僕にとって二八歳まで「未来」は「永遠」の同義語だったよね。それまで未来は無限にあったんだけど、二八歳になったとき、あと二年で三〇歳かと思って、そのとたんに有限のものとなったのがものすごく怖かった。一般に、子どもができると未来がそのぶん延びるって言うけど、未映子さんの場合はどう？

川上　わたしは「未来」って、もうわたしとか誰かみたいな個人と関係のない、ずっと先の時間という気がしていて、人間の場合は「将来」って感じがするんです。「子どもの将来」のことは考えるけど、「子どもの未来」とは思わない。

穂村　ぼくらの子どものころは、アニメの『スーパージェッター』とかで、ごく普通に未来って使ってたからかな。

川上　でもそれも三〇世紀とかすごく遠い未来じゃないですか。

穂村　そうだね。「ぼくはジェッター、一千年の未来から、時の流れを超えてやってきた」だもん（笑）。

川上　『A.I.』の最後のほうみたいな、ああいうのが本当の未来って気がしませんか？

穂村　「永遠」のほうがさらに遠く思えない？

川上　「永遠」は主観的な時間だから自分とつながっている感じがちょっとする。でも「未来」は客観的な時間で切り離されている感じがしてしまう。言い換えれば、ニーチェの永劫回帰みたいに、「永遠」は現在を含むかもしれないけれど、その意味で「未来」は現在を含まないというか。いずれにせよ、「未来」という言葉は、認識する者がいないような、無機質な、なんかそんなような世界を思い起こさせるなあ。

6 便箋（川上）

編集部 次に行こうと思うんですが、いま衝撃の事実が発覚しまして……どうして気づかなかったのか謎なんですが、穂村さんが「未来」を二回挙げてました（笑）。

穂村 そんな思い入れはまったくないどころか、そもそも何を思って入れたのかすらわからないのに、不思議だなあ（笑）。

編集部 これはまたあとで調整しましょう。気を取り直して、「便箋」です。

川上 便箋ってわたし大好きで、昔からけっこう集めているんです。手紙書くのも好きだし、気がつくとつい便箋を買ってしまってる。でも、もうこの歳になるとそんなに手紙も書かなくなるので、使われないまま残る便箋のほうが多くなるのがせつないですね。まあ、なにかを書かれるための紙なのに、なにも書かれずに静かに待ってる風情もいいんですけど。

穂村　封筒や切手にはそういう気持ちはしない？

川上　封筒もいいですけれどね。でも封筒や切手はあくまでパッケージで、みんなの目にふれる公的なものじゃないですか。便箋は、もっとパーソナル。あと、平らになった骨みたいなイメージなんです。

穂村　便箋のレターヘッドってあるじゃない？　デザインを凝らしたレターヘッドがいろいろあって、山名文夫の作品が展示されてるのを見てから、それを額装して飾りたいと思ったんだけど、ポスターとかと違って、なかなか入手機会がない。本来そんなふうに楽しむものじゃないから。でも、だからこそポスターよりもいいような気がして、それは未映子さんが言うように、パーソナルなものを飾るというのがかっこよく思えたのかもしれない。

7
銀色夏生（編集部）

川上　わりと多くの女の子が、一度は銀色夏生さんを通ってきますよね。それは、きっと、いっけん他愛のない恋愛のポエムばかりのようでいて、じつは別のなにか、生の一回性のようなものがそこに現れているのを見出すからだと思います。わたしにとって、というか一般的に女の子は、九〜一一歳のころが最後のイノセンスがある時期で、『たけくらべ』を好きなのもそうなんですけど、性的にくっきりしていない存在について書いているというのが、まず大きい。儚(はかな)くて、きれいでせつないような風景の写真に、銀色さんの言葉がのっている。そういったものと自分が同質のものであるって思える、あれは最後の時期なんですよね。

それが、だいたい生理が来るとともに、まず外圧によって変革されるんです。欲望の対象として自分が存在していることを認識させられて、同時に品定めまでされはじめて、空も花も霧散する。自分だけスカートめくりされないことを恥ずかしく思わなきゃいけないというねじれた空気とか、自意識をまわりから否応なく発見されて。もちろん少年にもあるんだろうけれど、これは子どもの地獄だよね。地獄の第一期(笑)。

男性社会の中で女性であることの違和感を言葉にできるのが早熟な才能だと思うんですけど、わたしはぜんぜんできなくて、その違和感を、男の子を好きな気持ちとかに転化させて発露させていたところがあると思う。でも、極端なことを言うと、そこに男の子なんかいないんだよね。いなくても成立するんです。だから、女の子が銀色夏生さんみたいないわゆるポエムを書くのは、自分が社会によって抱かされる違和感を少しでも世間的に認められた形式に落として消化するしかないからだと思うんです。

さっきも言ったけれど、銀色さんの本の多くには写真が一緒に載っているんですけど、写真もある一回的な瞬間を固定したものだし、写真と言葉があることで、何重にも女の子たちに響くようになっているんですね。言葉や主体性を奪われて、世界に対して感じていることや言いたいことはあるのに、あのような言葉でしか叫べない感じがクリアに出ていて、ああいうふうにしか書けない少女の歴史があると思う。それを当時三〇代だった銀色さんが書けていたのは本当に稀有なことで、どういうひとなのかとずっと興味を持っていたんですけど、なんだか、だんだん怖くなって（笑）。

穂村　すごい読みですね。自分が危機にあって救われたいと思っても、完全に独自のジャンルをいきなりひとりで切りひらくなんて無理だから、拠って立つ場所——銀色夏生的なポエムなりゴシックロリータ的なファッションなり、萩尾望都さんならＳＦとか——が必要なんだよね。若い頃のぼくにとっての短歌もそうで、五七五七七の言葉の連なりに「短歌」という名前があるからそんなに気持ち悪くないけど、何もないのに勝手に定型詩を作って書いていたら変じゃない？（笑）　マイナーなジャンルに身を寄せることでサバイブしていくということがある。

川上　そうそう、やっぱりサバイブが関係してますよね。銀色夏生の詩は、ぜんぶ抽象的なふわふわした言葉でできていて、それがわたしのイノセンスと分かちがたく結びついてる。歌をやっているときに、のちに『先端で、さすわ　さされるわ　そらええわ』で書いたようなああいう言葉を書けば個性的だし、わかりやすくてよかったんじゃない？　とよく言われたんだけど、それはわたしの考える「歌」や「表現」ではなかったんです。銀色夏生さんみたいに、どこにでもある言葉で誰もが受け取り得るものを自分も世界に返していくんだという気持ちを強く持ってました。

8　人たらし（川上）

川上　「人たらし」って具体的にこのひと、というのがあるわけじゃないんだけど、気になる言葉なんです。人たらしって、わかるようでわからない感じがしません？人気者、ともぜんぜん違うし。

穂村　司馬遼太郎がそうだったって、どこかで読んだよ。

川上　そうなんだ。人たらしってモテるとかコミュニケーションスキルが高いとか、要素はいろいろあるんでしょうけど、なんとなーくネガティブなニュアンスを帯びてしまうのは、ちょっと詐欺師っぽく感じるところがあるからかな。無自覚な詐欺師というか（笑）。

穂村　ぼくは同じひとに二回「人たらし」と言われたことがある（笑）。でも、そのひと以外には言われたことがない。

川上　それは男性？　女性？

穂村　女性だね。これはつまり「人たらし」と言うよりは、単にそのひとをたらしているだけだと思うんだけど（笑）。

川上　なるほど。でも、一方で、「人たらし」って、やっぱりどこか褒め言葉としても機能している側面があって、それも原因のひとつかも。あと、よくわからないのが「人たらし」って性的な部分も武器にしてそうでいて、じつはしていない、というところもあって、ほんと、つかみどころがない。性的な可能性を感じさせない老人でも「人たらし」は可能だし、極端なことをいえば子どもでも可能かも。うーん、「人たらし」、ますますわからなくなってきた。

穂村　他人との関係がどれくらいなめらかじゃないと不安を覚えるかというのに個人差がある気がして、相当摩擦があってもくつろげるひともいるし、かぎりなくなめらかじゃないと不安なひともいる。ぼくは後者なんだけど、そんなふうに関係を保とうとする態度が「人たらし」に見えるってこともあるかなあ。

川上　関係がなめらかというのは？　緊張しないでいられるってことですか？

穂村　うん。お互いの好意が安定している状態かな。でも、そういう関係で、たとえば相手が演劇をやっていて、観た作品がたまたまつまらなかった場合、自分の率直な感想を優先するか関係性を優先するかで緊張するよね。良かったときに「良かったよ」と言うのはいいんだけど、そうすると良くなかったときにどうするんだという問題が生じる。正直に言えるかどうか。

川上　穂村さんはそういうとき何も言わない派？

穂村　わりとそうだね。すべて率直に言えるのがいいと思うけど、その緊張感に耐えられないので、どんどん回避していくと限りなく人たらし的な対応に近くなる。

川上　うーん。誰も傷つけない、いい人方面ってことか。でも、穂村さんはそういう感じでもないけどなあ。というか、わたし、現実の人たらしを見たことがないのかもしれない（笑）。

穂村　なんで見たことのないものを挙げようと思ったの？

川上　なんでだろう（笑）。でもなにか自分の中でひっかかっているんだと思います。

穂村　「女たらし」のわかりやすさに比べて、なんだかよりいけない感じはするよね。

9　ペット（編集部）

穂村　「ペット」って、ぼくが子どもだったころは一般的な言葉にはまだなってなくて、ある時期以降広まったと思うんだけど、その言葉がなかったときにペット的なものをなんて言っていたんだろう。

川上　飼い犬とか飼い猫？

編集部　ひとむかし前のイメージだと、犬は番犬という名目で飼われていて、猫はそこらにごろごろいるやつの面倒をみてるのをなんとなく飼ってると言っている感じで、あまり部屋飼いとかは一般的ではなかったですよね。

川上　わたし、古い人間なのかわからないけど、「ペット」って口にするのに、若干の抵抗があるんです。ひとに「ペット飼ってるの?」とか「かわいいペットですね」とか言うのに、いちいちドキドキしちゃって。なんとなく響きが悪いんですかね。べつに擬人化したいわけじゃないんだけど。

穂村　「ペットロス」とかはわりと言わない?

川上　それは言いますよね。でも、ペットロスに陥っている人に、「ペットロス、辛いですよね」とはやっぱり言いにくいな。基本的に、「ペット」っていう言葉の響きが、飼い主と動物の間の愛情というか関係性を表すのに、あまりにも軽すぎて合わないという気がするのかも。

穂村　「ペット」を和訳したら「愛玩動物」?　けっこう嫌な響きだよね、「愛玩動物」(笑)。

川上　ね、ますます嫌だね。愛玩って（笑）。利己の究極って感じがする。

穂村　でも「愛玩動物」って、どちらかと言えば「打擲」寄りの言葉じゃない？（笑）

川上　ええっ、どうして⁉　まったく理解できない！（笑）

10　兄弟姉妹（編集部）

穂村　よく血液型とか星座で性格がわかるって言うけど、たぶん現実には兄弟姉妹構成のほうが性格の形成に影響を与えているよね。長男や長女は微妙に緊張感のある性格で、末っ子は自由に個性が炸裂してるケースが多い。あと兄弟姉妹が同性か異性かでもけっこう変わってくる。未映子さんはお姉さんと弟のいる真ん中だよね。

川上　そうです。

穂村　お姉さんと未映子さんだとどちらが大きいの？

川上　姉ですね。弟もラグビーの選手だったから大きいし、家族でいちばんわたしが小さかった。

穂村　珍しいね。わりと下のほうが大きくならない？

川上　そうなんですか？　わたしが一六三センチですけど、姉は一七〇センチくらいありますね。

穂村　女性で一七〇センチを超えるとちょっとレア感があるよね。

川上　穂村さんは一人っ子ですけど、穂村さんの世代だと一人っ子ってまだ珍しくなかったですか？

穂村　少なかったし、一人っ子だとわがままみたいなネガティブなイメージが強かった。それでなぜか親に謝られた記憶がある（笑）。本当は妹がいるはずだったんだけど、とか。流産したのかなあ。はっきりとはおぼえてないんだけど、「兄弟が欲しかった」みたいなことを言ったのかもしれない。

川上　一人っ子ということで嫌な目にあったこととかある？

穂村　そこまではないけど、なにかにつけて「やっぱり一人っ子だから……」という世間の空気は感じたよね。

川上　一人っ子同士で仲良くなったりはしなかった？

穂村　それはあまりなかったけど、付き合う相手が姉妹しかいない女性という率が高かったのは、なにか一人っ子バイアス的なものかもしれない。

川上　やっぱり男性社会的な荒っぽさよりは、そっちに親和性があるんだ。友達でお兄ちゃんのいる子がいたんだけど、お兄ちゃんの側を通るだけで何の理由もなくはたかれてましたね。叩くほうも叩かれるほうも無意識でほとんど挨拶みたいなの（笑）。そういう暴力的な抑圧が自然に行われていて、そう考えると、兄弟なんてまったくいなくていい（笑）。

穂村　一人っ子の利点と言えるかわからないけど、親の愛情をシェアする必要がないというのはあるよね。

川上　愛情がぜんぶ自分に来ますよね。

穂村　でも、それが長じてみんなでご飯を食べてるときにシェアする発想がないと批判されたり、逆にこれはぼくの実感としてあるんだけど、自分から自分の取り分を取りに行くことができない。与えられることに慣れすぎてるから。

川上　なるほどなあ。何にもしないで、まわりが世話を焼くのが当たりまえっていう。

穂村　なんかタイミングがわからないんだよね。どこまでが正当な要求なのか自信が持てなくて、まあ、いいやと思ってしまう。

川上　でも一人っ子でもコミュ力とかサバイバル力の高いひともいるよね。結局、親の育て方次第なのかな。

穂村　ぼくもそこにいる編集の山本くんもデザイナーの名久井さんも一人っ子だけど、みんなある部分ではコミュ力が高いとも言えそう。でも、それはあくまで職業に即してのものでしかなくて、素のコミュ力はたぶん人並み以下しかない（笑）。別の言い方をすると、自分の関わった分野について話すことはできても、旅先の飲み屋でおじさんとかに話しかけられるとあわあわしちゃう。攻めはできるけど防御が弱い。

川上　一人っ子を子育て中のわたしには、もう参考になることしかない（笑）。

11 喧嘩（穂村）

穂村 これは一人っ子であることとも関係しているんだけど、ぼくは昔から自分には仲直りの能力が欠けていると思うのね。基本的に、あまりひとと喧嘩したり敵対したりしないんだけど、それはそうしたくないというよりは、仲直りする自信がないから喧嘩もできない。

川上 それもすごい理由。そんなこと、想像したことすらない（笑）。

穂村 毎日喧嘩して毎日仲直りしてずっと一緒に暮らす夫婦とかいるよね。

川上 うちもまさにそんな感じです……。

穂村 そういう関係の弾力性に憧れるんだけど、自分には無理だろうと。

川上 でも、仲直りできるか考えて喧嘩しないってのは新鮮な考え方ですよね。わたしの場合、先のことを考えるからこそ喧嘩になるというか（笑）。

穂村　それが普通だよね。生き物同士の自然な加減ができなくて、喧嘩するときは相手を殺すまでやる感覚って、ほとんどサイコパスじゃない（笑）。いや、「殺す」ですらなくて「抹消」して最初からなにもなかったことにしたいわけ。

川上　「抹消」っていうのは？

穂村　指をパチンと鳴らせば嫌いな相手が消滅したらいいって言ったら、「それはいけない」と友人で歌人の水原紫苑さんに言われたことがある。それは自分の手で殴ったり殺したりするのよりずっと悪いって。

川上　自分がリスクを負わないのが卑怯ってこと？

穂村　だろうね。非対称性というか。ぼくは指パチン派なので、反論したかったんだけど、できなくて口をパクパクしてた（笑）。

川上　それで言ったら、逆にわたしは姉弟がいて、喧嘩も日常茶飯事だったから、自分でも好戦的なほうだと思う。主張しないと始まらないというか。

穂村　喧嘩してるとき、指をパチンと鳴らしたら相手が消えたら楽じゃない？

川上　そんなのぜったい駄目だよ！（笑）できるだけ、罪を憎んでひとを憎まずの精神ですよ。というか、基本的に嫌いなひとっていなくないですか？　ある程度なら、いやなことをされても消えろとまでは思わないなあ。

穂村　もちろん、ぼくだってそれが正しいってことはわかってるんだよ。でも、パチンとやったら消えるほうが楽でしょ。実際やっても消えないし（笑）。しかし、その発想自体が悪だと水原さんは言うんだよね。

川上　パチンとやって消えたところで、言われたりやられたりしたことは解消しないでしょう。だとしたら、パチンとやるのも意味なくないですか？　そもそもの原因であるネガティブな感情とか原因って、どうやって解消するんですか？

穂村　長い時間をかけて自分の正しさを世界に対して説得しようという気持ちはやっぱりあって、それで本を書いたりする。

川上　直接、思い知らせたり、糾弾したりはしないんだ。

穂村　そうだね。世界のほうを自分の味方になるように少しずつ変えていく。怒りにまかせてその場で直接言い返しても失敗する図が目に見えてるし、そもそも怒鳴ったって殴ったってそれでスッキリするわけじゃないでしょ。

川上　まあ暴力は解決にならないんですけど、説得して相手にわからせる、っていうのは解決としてひとつ、ありませんか？

穂村　でも、相手がわかった状態になるというヴィジョンがまるで見えない（笑）。ネット上のバトルを見ていても、一見理屈同士の戦いのようで、ほとんどの場合は形を変えた憎悪の応酬があるだけだよね。論戦にちゃんと意味があるのは憎しみがないときだけで、しかしなぜ論戦になるかと言ったら、多くは互いへの憎しみが起点にあるわけだから、絶対に解消しない。どんな知性的なひとたちであっても、それを武器として使うかぎりにおいて、悪循環の泥沼にはまっていく。知性で憎しみを解消することはできないんじゃない。

編集部　そのときになにが抑止になるかと言ったら、ある種の身体性で、つまりネット上とかでなくて論争している当の相手が目の前にいるという状態だと、怒るかも殴られるかもという判断が入ってきて、強い言い方がしにくくなる。

穂村　うん。テレビでサッカーの試合を見ていたとき、ラフプレーがあって、これはもう相手に殴りかかってもおかしくないという状況で、すごい表情で睨み合った次の瞬間、急に「にやっ」と笑ってプレーを続けた選手がいて、感動したことがある。ぼくだったら「これはもう戦争だ」という地点が、彼にとってはまだコミュニケーションの範囲内というか、その余裕があることにぐっとくる。でも、ネットではそんなシーンを見かけないから、やっぱり同じフィールド上でプレイしていることの身体感覚やリスペクトがあってのものなんだろうね。

川上　その話を聞くと、自分の至らなさをしみじみ感じますね。先日、温泉に行ったときにバイキング形式の夕食で目玉のサーロインステーキの列に並んでいたんですけど、そこに家族連れの六〇代くらいの親父がいきなり割り込んできたんです。思わず「並んでるんで後ろに並んでください」と言ったら「わかってる!!!」って怒鳴ってそのままお皿を取っていった。しかも三つも！　あの傲慢な親父をいかに打擲して完膚なきまでに反省させるかと考えて一晩中悶々としてしまいました。これでわたしが体つきのいいオラついた感じの男性であったなら、あんな態度に出れたのかって話ですよ。女だからって舐めているんですよ。これをエッセイに書いたり作品にしたりしても、あの親父には絶対に届かないわけで、そのことに耐えられない自分がいるんです。

穂村 そういうときこそ指を鳴らして消すんだよ（笑）。

川上 なるほど。そういう感覚（笑）。いや、でもやっぱりわたしは、この手のことは徹底的にわからせたいなと思ってしまう。

穂村 以前、高円寺を歩いていたら、自転車のタイヤに後ろからかかとをこつんとやられたことがある。そのとき、自転車に乗ってたヤクザっぽいおじさんが「気をつけろ！」って怒鳴ってきたんだよね。それでムッとしてぼくとしては珍しく反射的に「そっちこそ気をつけろ！」って言っちゃったのね。

川上 えっ、本当に言ったの？ 意外……（笑）。

穂村 やっぱり自分は絶対に悪くないという気持ちがあったから。でも悲しいかな、勢いがぜんぜん違ってて。向こうはナチュラルに粗暴な感じで「気をつけろ！」って息をするように自然に出るわけ。ぼくは生涯で初めて「そっちこそ気をつけろ！」って発語してるから、もう声がチワワみたいに震えてた（笑）。でも、逆にそのプルプル感にびっくりしたみたいで、おじさんが「ん？ ごめん」って言ったのね。だから、向こうはまだぜんぜん余裕があったわけ。メンタル力で言ったら、土佐犬とチワワくらいの差があるというか(笑)。もちろん事の是非としては相手が悪いんだけど、その後のコミュニケーションスキルで言うと、向こうのほうが大人と言わざるを得ない。

川上 わたしも結局、土佐犬ではないんですよね。それだけの戦闘力があれば、さっと親父の浴衣のすそを摑んで「おい」って言えたはずなので。自分はいつでも戦闘の準備ができていると思っていたけど、身体が動かなかった。

穂村 そうやって常に臨戦態勢をキープしていると、たぶん美輪明宏さんみたいになるんだけど、でも美輪さんや勝新太郎さんにしても、勝新がハワイのレストランで人種差別的なことをされて「出よう」と言ったというエピソードがあるけれど、海外とかでそういう侮辱を受けることはあるわけで、彼らがどのタイミングまで我慢するのか、興味があるんだよね。たぶん彼らは美輪さんだから勝新だから、ということじゃなくて、個人としてきっぱり対峙できるんだろう。

川上 でも、対峙するのはひととしてまっとうだけど、反面、相手と同じ粗暴さの土俵に立つことでもあるよね。そういう人を見ていて、「ああ、知性がないなあ」とかぼんやり思ったり、やっぱり嫌な気持ちになったりすることもあるので、それだったらパチンのほうがエレガントでは？　という気持ちもあるんです。

穂村　ぼくは価値判断の上でパチン派というのでなく、ただどうしようもなくチワワとしてパチン派なんだけど、だからこそ他のひとがどうやって怒りを伴う不測の事態に対処しているのかいつも気になってる。

川上　結局、一番スマートな対応はどれなんだろう。土俵に立って身体を張って対峙すべきなのか、あるいは同じレベルに立たないべきなのか。

穂村　ぼくもそれが知りたくて、シモーヌ・ヴェイユだったらとか柄谷行人だったらどうしただろうとか、極端なことを考えてしまう。そういう咄嗟の現場でどう対応するかで思想が問われる気がするんだよね。

12 生活感（穂村）

穂村 「生活感」って昔からすごく興味がある言葉で、かっこいいお店とかすてきなお家に生活感ってないじゃない？　逆に言うと、なんで生活感があるとダサく見えるのかが不思議議だった。でも、自分が生活感のなさを求めるのはなぜか恥ずかしく、また逆に、林忠彦が撮った坂口安吾の有名な写真のような濃い生活感は得られるわけもないので、生活感なるものをどう捉えていいのかわからない。

川上 安吾の書斎の写真は、もう「生活感」とかを超えて、ああいうコンセプトの写真ですよね。ネガティブな生活感っていうのは、たぶんコンセプトのない状態で、エントロピーがただ増大してるだけの無意識を見られるのが嫌ってことだと思います。

穂村 浅野忠信が演じている殺し屋の部屋ならコタツがあってミカンが籠に入ってい

て、台所と居間のあいだにチャラチャラ音のするのれんがあっても、かっこいいと思うけど、それは浅野忠信で殺し屋だからかっこいいので、ぼくがやってもただ生活しているおじさんがいるだけだよね（笑）。

川上　なんで生活感がネガティブに思えるのかしら。そこには思想や意志みたいなものが感じられないからかな？

穂村　所帯疲れみたいな、ふつうの生活への疲れというニュアンスがあるからかなあ。だから、容赦なく生活感を排除できるひとに憧れるよね。イラストレーターのフジモトマサルさんとか。

川上　フジモトさんって生活感ない方なんだ。わたしの知りあいで生活感のない人っているかな……いないなあ。でも、そういえば穂村さんのお家もけっこう生活感のない家でしたよ（笑）。

穂村　やっぱりなるべくないようにしたいと思ってるから（笑）。

川上　生活感ってこれっていう具体物はなくて、散らかってるか片付いているか、モダンかそうじゃないかに関係なく、ある組み合わせの状態ですよね。最新鋭のシステムキッチンだったとしても、ママレモンがあると台無し、みたいな感じかな。でもこれが外国だったらママレモン的な一般的な洗剤があってもおしゃれに見えてしまう（笑）。ここが日本の悲しさですよね。

穂村 そう、その外国感が欲しいんだよ（笑）。でも、そう思うのが恥ずかしい。生活感を排除しなくても、何があろうとおしゃれに見える状態に憧れる。それがない限り、ママレモンがとかティッシュのケースがとかいう細部の話にどんどんなっちゃって、でもそのことは本質ではないんだよね。ママレモンをおしゃれなボトルに詰め替えればいいってことじゃなくて、その詰め替えるプロセス自体のおしゃれじゃなさにつまずくわけだから。そういうことをいっさい気にしないでいられたらいいんだけど、それが難しい。その呪縛がなんなのかよくわからない。

13 牛丼（穂村）

穂村　牛丼を食べる度においしすぎて不安になるんだよね。

川上　どうして？（笑）

穂村　あれをここまでおいしいと思う自分に不安を感じて、みんなもこのぐらいおいしいと思って食べてるのか気になっちゃう。

川上　大阪にいたときに、知り合いのおじさんがいつも犬のために牛丼を買って帰っていたんです。犬には味が濃いと思うんだけど（笑）。それが初めて牛丼を食べる前に完全に刷りこまれてしまっていて、高校生のときに初めて食べたときに、ジャンク感のある脂身多めのお肉を「おいしいな……」って素直に思ったんですけど、でも、これは犬のエサだってイメージがちらついて、これはほんとうにおいしいと思っていいのか、すごく葛藤がありました（笑）。

穂村　たとえば洋服なら、ユニクロの一〇倍、一〇〇倍の値段の服があるけど、それが必ずしもユニクロの一〇倍、一〇〇倍かっこよかったり着心地がよかったりするわけじゃない。あるレベルまでは安価でもそんなに差はなくて、その先は少し良くなるためにどんどん値段が高くなる。その理屈はわかるんだけど、味覚の場合だと、この牛丼のうまさと最高のステーキのうまさで、そこまでの差はないなとなぜか思ってしまうんだよね。

川上　いまでもそう思います？

穂村　じょじょにそこから脱している感触があれば、つまり、高校のときはあれがうまいと思ったけど、あのステーキを食べたいまの自分にとってはそこそこのうまさでしかなかった、と思えるのならいいけど、いまでも鳥肌が立つくらい牛丼がおいしくて不安（笑）。損得で言ったら、安くてうまいんだからなにも問題はないんだけど。もしかして牛丼にかける卵のせいもあるかなあ。卵かけごはんもすごくうまいから。

14 ルサンチマン（編集部）

川上　ルサンチマンって一般的には「すっぱい葡萄」的な妬みとして浸透しているように思いますけど、ニーチェの用法だと、もう一歩進んだ状態をルサンチマンと言っているんですよね。「あれはすっぱい葡萄だからな」と言っているだけならルサンチマンではないんです。「だから食べなかった自分が偉いのだ」となったとき初めてルサンチマンになるので、「あのひとのルサンチマンきついよね」というのはちょっと違うという認識です。真にルサンチマンを持ってしまっているひとというのは、自分はそんなものを欲しがらない素晴らしい人間だと錯覚しているので、ルサンチマンにとらわれていることにも気づかない。そう考えると、ルサンチマンってとても厄介なものだと思います。

穂村　ぼくが思い浮かべたのは、父親がバナナを食べるときのスタンスの異様な激しさで、つまり、昔、自分が食べたかったときに食べられなかったものが、大人になったら特に高級品でもなくなっていて、いつでもいくらでも食べられるんだけど、彼の中ではスペシャルな価値が残っているので、親の仇を討つみたいな雰囲気で食べるのね。逆に、そういう記憶のないメロンとかマンゴーとかに対しては、いくら高級でもそこまでの激しさはない。

川上　それはつまり単に「バナナが食べたい」という純粋な欲求以上のものがあるってことですよね。

穂村　そうだね。過去に遡って、そのときの彼にバナナを与える以外に解消できない、取り返しのつかないものを追っている感じ。

　その心の動きはぼくもわかって、男女の自転車の二人乗りに対してはそうなってしまう。高校生のとき、詰め襟の同級生が、自転車の後ろに横座りのセーラー服の女子を乗せていたんだけど、まぶしすぎて正視できなかった（笑）。ほとんどひとつの生命体に見えるくらいの完璧さだった。ぼくも二〇代後半でついに実現できたんだけど、やっぱり自然じゃないんだよね。どうしてもあれがやりたいと言って、女の子にお願いしてやってもらったわけだから（笑）。だから結論としては取り返しはつかなかったんだけど、そのときやってくれた女の子が不意に後ろから手を伸ばして、漕いでるぼくの太ももを押しながら「ターボ！」と言ってくれたので、すべてが救われた気がした（笑）。

川上　最高じゃないですか（笑）。

穂村　父が今いくらバナナを食べてもダメなように、まったく同じことをしても取り返せないんだよね。「ターボ！」の偶然性が加わることで初めて乗り越えられるというか……女神感があったなあ。

川上　すばらしいですね。

15 世界地図（編集部）

穂村　世界地図というものを最初に習ったときに変だなと思ったのは、何種類もあって、そのどれもに欠点があるってこと。球体を平面にするわけだから無理なんだけど、こんなに科学が進歩しているらしいのにちゃんとした地図は存在しないのか……と驚いた。

川上　革に世界地図がプリントされた「プリマクラッセ」っていうブランドがあって、わたしが高校一年のときにすっごく流行っていたんです。そのとき初めてつきあった男の子がコンビニで知り合った三歳年上のひとで、誕生日にプリマクラッセの鞄を買ってくれたんですよ。その鞄が、たしか当時七万円くらいしたんですけど、後で彼のお母さんにものすごくきつくあたられたのが世界地図の思い出（笑）。

穂村 どうしてあたられたの？

川上 それはやっぱり、息子のところに悪魔が来たと思ったんじゃないですかね（笑）。一生懸命貯めたバイト代をぜんぶつぎこませるやつに、いいようにされてるって。

穂村 欲しいって言ったわけじゃないんだ。

川上 言わない、言わない。わたしこう見えて、人になにか欲しいって言えない性格なんですよ。ぜんぶ自分で買ってしまう。でも、その人は「あげる」みたいな感じでくれて……というか、わたしのその後の人生を思うとあれは貴重な体験だったな（笑）。それで鞄を持って彼の家に行ったら、二人きりになったときに、彼のお母さんにねちねちと文句を言われました（笑）。

穂村 それでどうしたの？

川上 まだわたしも弱かったので、ごにょごにょ言ったような気がする。ちょっと傷ついたふうだったんじゃないかな。

穂村 （笑）。いまならなんて言うの？

川上　わからないですけど、まずそんな鞄をもって彼の家に行ったりしないよね。面倒臭いよ（笑）。でも、たしかに自分の息子が一六歳の女の子に七万円もするバッグをあげたりしたら、「高いわ！」って突っ込む気持ちにはなるかも。とはいえ別に悪いことをしたわけじゃないしなあ。母親としては「うちの息子が買わされた、いいようにされてる！」みたいに思っちゃうんだろうなあ。

穂村　ふつうに考えたら息子を叱るべきだよね（笑）。

川上　そうだよね。やっぱ値段だね（笑）。

16　悪人（編集部）

川上　「悪人」も「人たらし」とおなじで、よくわかんないんだよね。どれくらい悪いと悪人なのか？　そしてその悪って、いったいどういう質のものなのか。それとも量なのか？　悪人って、ほんとよくわからない。

穂村　昔、漫画家の吉野朔実さんが「確信犯である悪人よりも、無自覚な善人のほうがいやだ」という意味のことを言っていて、もちろん人殺しや泥棒は悪なんだけど、そういう行為自体よりも存在の仕方のいやさを彼女は言ってたんだと思う。

川上　「無自覚な善人問題」も難しいよね。嫌いだっていう人、けっこういる。その善行が、本質的なところでは非常に利己的なものなのにそれに気がついていないことへの苛立ちなのかな？　「善人」もそうかもしれないけれど、まごうことなき「悪人」というのもなかなかいませんよね。

穂村　百姓の首を理由もなくはねる領主とか白土三平の漫画に出てくるけど、わかりやすい悪人っていまの世界だとなかなかいない。しかも、じゃあ織田信長は悪人なのか？　と言われるとよくわからなくなる。

川上　「悪人」とは違うんですけど、最近で、新しい「悪」の可能性を感じたのはやっぱりSTAP細胞の小保方（晴子）さんですね。

編集部　小保方さんはまたおって話題に出ると思いますので、次に行きましょう。

17 ラグジュアリー（川上）

穂村 ラグジュアリーはゴージャスとは違うの？

川上 違います。もっと、空間的なスペシャリティなんです。

穂村 未映子さんはこれをどうして選んだの？

川上 「ラグジュアリー」を穂村さんはどう思うのか、聞いてみたくて。

穂村 ……音楽家の菊地成孔さんって感じ？

川上 なるほど（笑）。

穂村 あれ、彼は「エレガンス」だっけ？　その「エレガンス」って、従来の文脈と違っていて、それで「エレガンス」が急にアクチュアルなものになるってことがあるような。ファミレスのメニューを推しまくったりね。未映子さんにとっての「ラグジュアリー」はどういうイメージ？

川上　これはやっぱり恋人の間じゃないと成立しない概念なのかも。「ゴージャスな恋人」は成立しても、「恋人とのゴージャスな時間」だと、なんか「はべらせてる感」が出るし、女のひとがひとりでいてラグジュアリーな週末というのも難しい。夫婦でも無理じゃないかな。「ラグジュアリー」をあえて日本語に訳すと「期間限定の愛の巣」って感じでしょうか。高級ホテル限定ですよね。

穂村　二人で夜景を見下ろす、みたいな？

川上　夜景より、重要なのはシーツかな。

穂村　ラグジュアリーなTシャツというのはありえない？

川上　ありえなくはないけど、ゴージャスに回収されるかな？　やっぱりラグジュアリーは関係性を含む言葉で、恋愛初期でしか成り立たない気がしてきました。すべてが満ち足りていて、もうあとは下っていくしかない状態（笑）。いいよね。

穂村　そうなんだ。もっとこう年上の、財布が分厚いひとたちのものって感じがするけど（笑）。

川上　お金は必須だよね。なんにせよ、わたしには昔も今もあまり縁のない言葉でした（笑）。

穂村　未映子さんこそラグジュアリーだと思っているひとはいるんじゃない？　少なくともこの場で縁がありそうなのは未映子さんだけだし（笑）。

川上　まったく違ーう。ぜんぜん満ち足りてないし（笑）。

18　外国語（編集部）

編集部　穂村さんが大学で英文学科を志望したのはどうしてだったんですか？

穂村　外国語が必要な気がしたのと、あと国文学はダサいと思われると思ったから。でも、授業のたびに先生に“You know nothing.”と言われてクラス内での地位がみるみる下がっていった。やっぱり帰国子女とか女性が優秀なんだよね。休み時間に友達と麻雀をしていたら、クラスで一番馬鹿だと思っていたやつが、ぼくの顔をふっと見て「おまえって馬鹿だよな」って言ったのを覚えている。え⁉　おまえより？　って（笑）。

川上　わたしは外国語っていつか二年間留学して本気を出せば、あるていど話せるようになるだろ、って信じてるところがある。もちろん、話せることと読み書きができることはまったくべつの価値だけれど。

穂村　外国語ができないことに引け目を感じたりしない？

川上　それがないんですよね。将来的にはできることになってるからかな（笑）。二〇歳くらいのころからわりにそう思っていて、まだ実現してないんですけど。

穂村　アルス・エレクトロニカってオーストリアでやっているメディアアートの祭典があって、ぼくが関わった作品が入選したので行ったんだけど、緑色の汗が噴き出すという作品というか人間を見ていたら、たまたま隣にいた外国人が話しかけてきたのね。何を言ってるのかわからないけど、ものすごくいいことを言ってる雰囲気は伝わってきて、ここでなにか一言返せば絶対に仲良くなれるってタイミングだったんだけど、何も言葉が出なくて絶望した（笑）。「すごい緑だな」って言ってただけかもしれないけど、「うん、すごいね」って言いたかった。

19 旅行（編集部）

穂村　海外旅行をするときに、いつも奥さんと感覚が違うと思うんだよね。彼女は何が起こるかわからないことを楽しみとして受けとめているのに対して、ぼくは九割以上不安として受けとめていて、悪いことばかりイメージする。

川上　それは飛行機が落ちるかもといった具体的な不安ですか？　もっと漠然としたいやな感じ？

穂村　具体的な不安ではなくて、未知のどきどきを楽しめないんだよね。どきどき＝おそろしいってなる（笑）。

川上　そもそも旅行に行くことは未知のものに出会うってことなんですか?

穂村　本質はそうなんだろうけど、本当にそうだとするならいっさいガイドブックとか読まなければいいわけだよね。そこに湖があると知っていて行くのと、そこに行ったら偶然湖があったというのは衝撃度がぜんぜん違う。ただ、問題は、出会えないまま、帰ってきてからそこに湖があったと知ってしまうケースがある。それでもいいとまで割り切れないので、少し予習していくと。

川上　でも、わたし旅じたいあまりしないいんですよね。穂村さんも奥さんがいなければ、積極的に旅に行くタイプではないでしょう?

穂村　憧れはあるんだけど、未知へのどきどきがなんか強すぎるんだよね。近所の降りたことのない駅で降りて髪を切ったら大冒険。主観的にはものすごいことをした気分だった(笑)。

川上　仕事以外で海外に行くこともほとんどないし、行きたいとも思わないし、極端な話、旅行に行く予定が決まっていても前日不意にやめちゃったりするからなあ。出不精なんだと思う。旅行が好きなひとって何を楽しみにしてるんだろう。

穂村　旅行ってふだんの生活よりもはっきり記憶に残るよね。どこか知らない国を旅行した一週間と日本にそのままいた一週間だと、前者のほうが一〇〇倍くらい記憶に残るわけで、そうすると仮に死んだときに思い出が多い人生が良い人生だとするならば、旅行をいっぱいしたほうがたくさん思い出があっていいということになるのかもしれない。ただ、いろいろ考え方はあって、じゃあ、一人のひとと五〇年連れ添った生涯と一年ずつ五〇人のひとと過ごした生涯だと果たしてどっちがいいのかとか（笑）。ぼくの祖母の世代だと海外はおろか国内ですら旅したこともなくて、北海道から出たことがないままだった。

川上　それはよくわかりますね。初めて飛行機に乗ったとき、雲を上から見てすっごく感動したんです。あまりに美しくて。雲の上の景色はわたしが知らなかっただけでずっとあったわけで、この景色が見られてよかったと思ったんだけど、その瞬間におばあちゃんはもう八〇歳だからこれを一生知らずに死ぬんだというのに気がついた。それがもうなんだか苦しくて、この雲の美しさにいうほどの価値なんてないんだ、と言い聞かせて日よけを下ろした（笑）。

穂村　それを言い出したら、おばあちゃんどころか生まれてすぐ死んでしまう赤ん坊もたくさんいるわけで、生きていてすみませんってことになるんじゃない？

川上　そうそう、そうなりますよね。自分が素晴らしいと感じたことをある意味で他人に押しつけるなんて、よっぽど恥知らずで傲慢だよね。ほかには、わりと最近まで美味しいものが食べられなかったってこともあった。自分が食べるよりお母さんに、とか思って。食っていうのは高価な洋服なんかと違ってみんなの生存に共通してるから、ご都合主義的に罪悪感が発動してしまってたんだと思う。雲の話も、そういうある種の罪悪感だったんだと思う。

編集部　じつに未映子さんらしい感情のダイナミズムですね。もうちょっとマイルドな解決としては、単純におばあちゃんに「雲がとてもきれいだった」と伝えればいい気もしますけど（笑）。よく盲人のひとに美しい景色の話をするのは悪いと一般的には思われがちだけど、別に盲人のひとだってそれを聞くのは楽しかったりするわけですよね。

川上　レイモンド・カーヴァーの「大聖堂」みたいにね。ただ、子どもを産んでから少なくなったとはいえ、なんか根本的な正体不明の罪悪感みたいなのが人生のあちこちにあるんですよね。だから、なにかいいことがあるとそれ以上のおそれが来て、それをなくすにはいいことをなくさなければ、という気持ちになりがちなんです。我ながら面倒臭い（笑）。

穂村　その思いが、ものすごく過剰なところが未映子さんって感じがする（笑）。

20　ホスピタリティ（穂村）

穂村　資生堂の『花椿』でやっていた対談の連載で——未映子さんにもゲストに来てもらったけど——、恋愛において相手に望むものは、自分に対するホスピタリティか唯一無二の才能か、二択ならどっち、って訊いちゃうんだよね。

川上　どちらが多いんですか？

穂村　わりとバラバラで、たとえば本谷有希子さんみたいに、他に何もないから優しいんでしょ、って思うというひともいれば、才能はあるかないかわからないけどホスピタリティがあるかないかははっきりわかるからそのほうが大事というひともいる。

川上　でも恋人だろうと伴侶だろうと、他人にいくら才能があっても自分とはべつに関係なくない？　だったら、自分へのホスピタリティがあったほうがいいんじゃないかな。

穂村　他人に才能があろうとなかろうと関係ないって態度は、自分の才能への自負がないと無理だよね（笑）。自分と関係なくても、バンドやってるとかサッカーがうまいとか宙返りが得意とかでも惹かれることはあるでしょ。

川上　でも、そういう才能は世界のどこにあってもいいじゃない。その人と結婚することで自分が宙返りできるようになったり、サッカー選手になれるわけでもないんだし。遠くにいてもその才能や仕事にふれることはできるわけだから。才能のある人と結婚したい、みたいなのって、いまいちわからないなあ。

穂村　未映子さんの場合は、作家の阿部和重さんと結婚したわけで、やっぱり才能は必要だったんじゃないの？

川上　でも、それはちょっと比べるの難しいよね。人間は、才能とホスピタリティのふたつだけじゃないからなあ。相性とか、どれくらい共有できるものがあるか、とか、どれくらい理解しあえるか、みたいなところは、才能とホスピタリティだけじゃすくえないよね。

穂村　理解とホスピタリティはまた違うんだよね。まったく理解してなくてもホスピタリティは発揮することができて、スプリンクラーのように安定した親切って感じだね。

川上　そうそう。その意味でいえば、わたしにとっては、ホスピタリティのほうがより貴重だと思う。

穂村　たとえば容姿とかも才能の一種で、飛び抜けたものの近くにいたいってことじゃないかな。

川上　であれば、ホスピタリティだって才能だと思うんです。

穂村　そういう言い方もできるね。

川上　やっぱり、いわゆる芸術的な才能があってそれを自覚している人間は、やっぱりどうしたって傲慢になりますよ。すると、だんだん才能じたいに対する価値みたいなものが下がってくるの。生活をまわしてゆくのは、芸術的な才能と関係ないことの繰り返しだから。

パートナーの才能ってことで言うと、そういえばホスピタリティ溢れる前の夫と別れるときはすごくつらかったんです。家族と離れる悲しみというか。でも、この先もしも阿部ちゃんと別れるようなことがあっても、そういうふうにはつらくないですね。なぜなら、彼は才能のある作家で、小説を書けるということが作家にとって何よりもいちばん大事なことで、それはわたしと関係がないから。そして小説はひとりで書くもので、ひとりっていうのは作家にとって、どこまでも善ですよ。そういう意味では、作家同士というのは、根本的に自立しているような気がする。

穂村　『アマデウス』はいわゆる恋愛を描いた映画じゃないけど、サリエリは目の前でモーツァルトがその天才を発揮するときにものすごく心を奪われるよね。その姿の方にぼくは心が動かされたけど、容姿でも表現でも飛び抜けたものを見たときにあらがえないってことがあるんじゃないか。触れないからこそ触れたくなるというか。もちろんそれをずっと近くで見なくてもいいっていう考え方もあると思うけど。

川上　うん、遠くでも近くでも、世界にその才能があればいいよね。遠くにいればただただ美しかったものが、近くにきたことで変質してしまうってことは多々ありますよ。多くの素晴らしさっていうのは、やっぱり「遠さ」が見せる幻想だという部分もありますね。

21　万能細胞（編集部）

穂村　結局、ＳＴＡＰ細胞はなかったたってことでいいの？

川上　残念ながら、そういうことになっていますね。現時点では……。

穂村　新聞で歌壇の選者をしているから、みんなが短歌を送ってくるんだけど、それを見ていると、いまでもそれでも小保方さんが好きとか、本当はあるんじゃないの？というものがけっこう来る。

川上　あってくれたほうが面白いですからね。わたしもいろんなひとと対談をさせてもらってますけど、話してみたいなと思うのは小保方さん。ただのサイコパスということで話が終わるのかもしれませんけど、やっぱり師匠だった笹井芳樹教授が自殺してしまったのは、衝撃の展開でした。

穂村　どうして死んじゃったんだろう。

川上　それは不明ですけど、いずれにせよ、自分にとってのああいうひとを死なせてしまったわけで。一〇〇年前の有名な事件に「千里眼事件」というのがあって、東大の福来（友吉）教授をはじめとして科学者がみんな千里眼を支持したにもかかわらず、結局嘘だったのがばれて、当事者の御船千鶴子が自殺してなんとなくケリがついてしまったんですけど、今回は本人じゃなくて師匠が自殺したわけで、小保方さんは倫理的にはともかく、まあ強いと思いましたね。わたしは阿部定とか永田洋子とか、歴史上の凄玉の女性について考えるのが好きなんですけど、比較にならない。

穂村　「悪人」の項目のときに、未映子さんから小保方さんの名前が出たけど、彼女に悪があるなら、その核心はなんだと思う？

川上　究極の悪と究極の善というのは、もはや内容関係なくそのきわまった形式性において共通していると思うんです。なんらかのきっかけでひょいっと引っ繰り返ることがあって、それを地でいっているな、と思わせる何かがある。天使が反転したものが、そのまま悪魔になる、みたいな。単に万能細胞を発見して有名になりたいという欲望だけでは、わたしのなかでは説明がつかなくて、地上的ではないある種の動機があるように思うんですよね。それにすごく興味がある。同時代の女性で、「わからないな」と思える人って、あんまりいないから。

穂村　主流になっているリアリティ以外の世界の存在を主張するひとはたくさんいて、現在の科学や経済といったものがそこまで盤石に成り立っているとは思わないけど、しかし現状こうなっているものをひっくり返すのは簡単とは思えない。それをあっさり主張するするひとについて怪しいと思うことは多いけど、研究者である彼女はそうは見えなかった。かつ、やっぱりぼくらは現状をひっくり返すなにかをどこかで待ち望んでいるわけで、仮に小保方さんの虚言や粉飾が事実だったとしても、実際にSTAP細胞がありさえすれば、また話は違っていたわけだよね。

川上　そうですね。単に愛や人類の救済をめぐる形而上な抽象的な話ではなくて、細胞というじっさいのブツをめぐる話だったから、これだけ盛りあがったんだと思います。

22 眠り（穂村）

穂村　ぼくは睡眠時間が長いほうなんだけど、人間ってこんなに眠らなきゃいけないものなのかといつも思っている。睡眠が短くても大丈夫なひととの話を聞くと、どうしてなのか知りたくなる。

川上　わたしはもう三年以上、満足な眠りを味わってないんです……。いつかまた昔みたいに惰眠をむさぼりたいけど、難しいかな。でも、眠りの状態には自分のすべてがある気がしますね。

穂村　充分な眠りを得られないことで、人格が変わったと思う？

川上　いっそうつまらない人間になっていくような気がする。眠りの絶対量というのがあって、ちゃんと毎月支払われてきたのに、この三年いっさい振込がなくなってしまい、いまはそれまでの貯金をひたすら取り崩して生きている気がします。焦るわ……。

穂村　現実のほうが五感があるぶん映画よりもリアルかもしれないけど、夢は五感の壁が取り払われてしまうからもっと生々しいよね。夢から醒めたときに、現実がやけにあっさりしたものに感じられる。

川上　明晰夢がすごく好きで、凝っていたことがあるんです。金縛りにあったときに自分の好きなことを想像すると明晰夢に入れるという方法を発見したんですけど、金縛りにあって幽霊を見たって言うひとは明晰夢に入った状態でそれを想像したから見ちゃっただけで、すごくポジティブなことを想像すれば、自由に空を飛ぶとか、最高の体験ができるんですね。子どもを産む前は頻繁に金縛りにあっていて、明晰夢もやりたい放題だったのに、いまは金縛りにもあわないし、ほんと残念至極なんです。ほんとに悲しい。あれが一回五〇〇円だったら毎日買いたいですよ（笑）。

23 結婚（川上）

川上 えーと……「結婚」という字はすばらしいですね（笑）。

穂村 この話しないほうがいいんじゃない？（笑）

川上 まあまあ、せっかくだからしましょうよ。わたしは二回してるわけですけど、穂村さん、結婚して良かったと思います？

穂村 そうね。二〇代ではやっぱり自分はできなかったと思うけど。だんだん人生のなかで結婚のウェイトが軽くなるのはある。

川上　責任感が減るってことかしら？　それとも過大な幻想を抱かなくなる？　そもそも男性は結婚に幻想があったりするんですか？

穂村　やっぱり一〇代の頃は、いつか運命の相手と出会って生涯をともにするというのを信じてるよね。世界像が限定されてるからだけど、サッカーで言うと、芸術的なボレーシュートやフリーキックを決めるといったイメージしかない感じ。でもゴールってどさくさにまぎれて押し込むとかいろいろあって現実はむしろそっちが多い（笑）。それがわからなくて、スマートなレアケースしか求めないから結婚とか想像すると緊張する。

川上　身も蓋もないけど、「相手が違うので違う」としか言えないなあ（笑）。おなじ「結婚」ではないような気がする。一回目と二回目で違いがあった？

穂村　知り合いの編集者がやっぱり二回結婚してるけど、最初の相手は文学や映画の話で盛り上がれるひとだったのが、二番目の相手はいつもキッチンの換気扇をきれいにしてくれるひとになって、そのことの価値が一回目ではわからなかったと言っていた。

川上　そもそも結婚に向いているひとと向いてないひとがいると思うんです。二回してみて、わたしは向いてないんじゃないかと思う。

穂村　どんなに向いてなくても、ひとりくらいは合う相手はいて、それを見つければいいんじゃないの。

川上　そうかなあ。突き詰めれば、他人と住むことができるかってことなんです。

穂村　他人と住むよりはひとりでいたほうがいい？

川上　もちろん他人と住む良さもありますけど、仕事がある限り、根本的にはひとりがいいよ。親でもきょうだいでも、誰であれ他人と一緒に住んでいると、考えなきゃいけないことがすごく多いでしょう？　夫婦の場合はさらに子どもができると関係性が激変するんですよ。それまでの認識のままでは、崩壊の一途を辿ってしまう（笑）。

不思議なのは、親子だと子どもが成長したら家を出ていくわけですけど、夫婦はなんでずっと一緒に住んでいるんだろう。

穂村　かなりラディカルなところに踏み込んでるね（笑）。

川上　最近、卒婚って流行ってますけど、これってすごく理にかなってる。

穂村　たしかに、周囲で五〇代とかの離婚は増えてる。

川上　子どもが成長して家を出てくと、もう二人でいる理由がなくなるんです。つなぎとめるのは、お互いのこれまでの感謝の蓄積ぐらいじゃないかな。

穂村　一緒になにかを見たとかどこかに行ったという共通の記憶はかすがいにならないの？

川上　なるだろうけど、蓄積されたストレスや憎しみがそれを上回ると離婚になるんじゃないかな。そして往々にして上回る（笑）。男性は子どもが出ていったら妻と料理教室に通おっかな！　とか思っているのに対して、奥さんはやっと解放される、これで終わりだラッキー！　やっとわたしの人生だ！　ぐらいに思っていて、まったく見ている現実が違ってるんだもん。そう考えると、そもそも男と女が一緒に住みつづけること自体が不可能なんじゃないの。そうとしか思えない。

穂村　この話、これ以上続けると危険な気がする（笑）。次に行こう。

24

自己愛（穂村）

川上　自己愛ってよくわからないんですよね。

穂村　え、本当に？　ぼくにとっては「ホスピタリティ」とか「愛情」に比べて確実に自分が持ってるものって感じがする。かつそれが発生するのも当然という気がしていて、つまり、肉体は各自別個で、仮に未映子さんが打擲されても、別にぼくが痛くなったりはしない。そのことが万人の自己愛を無限に拡大していくと思うんだけど、現実は必ずしもそうなってない。妻なんか明らかにぼくみたいな自己愛のかたまりじゃないんだけど、それって自己ならぬ他人を愛せるからなのか、単に自己愛が他人に転移しているだけなのか不思議なんだよね。

川上　わたし、会ったこともないひとから「すごく自己愛が強そう」って言われたことがあるんですけど（笑）、たしかに穂村さんが言ったようにみんな別個の身体しか持ってないという意味では自己愛はどうしたって存在するのに、にもかかわらず基本的にネガティブなニュアンスで使われますよね。

編集部　自己愛ってＲＰＧで最初に与えられる装備やお金みたいなもので、ないとたぶん生きていけない。しかし、装備やお金のたとえで言うと、それが自己目的化して、ラスボスも倒さずにただただそれらを貯め込んでいく状態が駄目なんだと思います。

穂村　なるほどね。ちょっと特異点的なところがあって、どれだけ才能があっても自己愛はコントロールできないというケースがあるよね。ものすごく言葉の扱いに長けた作家が、中学生のような自意識をネット上で漏らしちゃってるとか。

川上　そう言われると、やっぱり「ダメさ」を感じますね。

穂村　やるべきミッションとかがはっきりしていると自己愛って関係なくなるよね。「原爆のことを書き残すまでは死ねない」とか自己愛の入り込む余地がなくて尊敬されるけど、我々にはそういう崇高なミッションがないから、なにかを表現することは自己愛に基づきがちになる。

川上　文章の場合、不思議なくらいそのひとがどれくらいの自己愛を持っているかわかる気がします。

穂村　なぜかあれは消そうとしても消せないんだよね。岸本佐知子さんの文章を読むたびに、これくらい消さないと駄目だと思うけど消せない（笑）。

25　疾風怒濤（川上）

編集部　これはまさに未映子さんを象徴する四字熟語という感じですけど（笑）、そういうチョイスなんでしょうか。

川上　そんなわけないでしょ！　ごく平凡な慎ましやかな人生じゃないですか。

でもやっぱり若いときは、自分のなかにめちゃくちゃ大きい「疾風怒濤鍋」みたいなのがあって、それが常にぐつぐつ煮えてる感触はありましたね……なにを煮込んでたのか、見当もつかないけど。しかし、それは若さというか、一過性のもので、最近は疾風怒濤じゃなくなってからのほうが人生長いし、「ストレスとかなくなってほしいな〜」とか、無難に思ってます。

穂村　「打擲」に始まって、未映子さんの好みの言葉の傾向があるね。内容もあるんだろうけど、まず語感が大きいみたい。

川上　自分で、いつどこでこういう言葉を知ったのかわからないんですよね。

穂村　「疾風怒濤」って旧制高校の青春というイメージだけど、彼らが親しんでいた教養主義とか独文とかの言葉が二周くらい回ってエキゾチックに感じられます。

26　老化（穂村）

穂村　そこに筑摩書房を創業した古田晁の肖像写真が飾ってあって、いくつくらいかわからないんだけど、ひょっとするといまのぼくより若かったりするると思う。戦前のひとだと、「え⁉　その歳でこんなに貫禄あるの？」ということがままあって、逆に言うと、ぼくなんか何歳になってもちっとも立派にならないのに歳だけは取っていく。

川上　わたしが自分の老化を最初に感じたのは二五歳のときでしたね。こうやって老いていくんだな、と初めて思ったその衝撃がすごかったので、あとはわりと淡々と受け入れる一方です。いつかまたガンと衝撃が来るんでしょうけど。

おとぎ話や童話で特に病気でもないのに、おばあさんが寝たきりってことがありますよね。あれが不思議だったんだけど、つわりを体験して、あ、これだと思いました。意識ははっきりしてるのに、身体が動かないっていう。

穂村　どういう状態なんだろう。

川上　本当に、リアルになるんですよ。だって、いまもう全力疾走できなくないですか？

穂村　たしかにできない（笑）。

川上　そういう「できなさ」が。あらゆる局面でじわじわと迫ってきて、それがいつのまにか「当たり前」になるんですよ！

穂村　こわいね。最近、よく階段につま先がひっかかるのがその前兆なのか。さっき父と電話したんだけど、山を四二キロ歩こうとしてたら雨が降ってきたので途中でやめて降りてきたと言っていて、四二キロって平地のマラソンの距離だよね、八三歳なのに、と思って老化がよくわからなくなった（笑）。

老化について思うのは、あるひとの表情のうちのひとつがまず老いたと気づくんだよね。一〇〇個表情があったとしたら1/100だけど、それが2/100になり3/100になり、半分くらいになると、誰が見てもはっきり老けたって印象になる。

川上　このあいだ鏡を見ていて、目の下に髪の毛が付いていると思って取ろうとしたら取れなくて、しわだったんです。それで阿部ちゃんに「ここにしわができるようになった」と言ったら、「そういうのもセクシーじゃん」って褒めてくれたんですけど、むしろそれが堪えた（笑）。もうわたしはそうやって即座にフォローされちゃうようなステージに入ったんだな、って……。

穂村　うーん（笑）。わかる。阿部ちゃんの咄嗟のフォローもわかるよ。ぼくは、たぶん老化だと思うんだけど、口笛が吹けなくなったのはショックだったな。

川上 そんなことあるんですか？（笑）

穂村 筋力が落ちたからだと思うんだけど、昔はもっとちゃんと吹けてたのに、このあいだ吹こうとしたらヒューヒューとしか鳴らなくてびっくりした。

27 しゃぼん玉（編集部）

川上 ちょうど、このあいだものすごく天気のいい春の昼下がりに親子三人で公園に行ってしゃぼん玉を吹いたんです。しゃぼん玉の演出力がものすごくて、こんなすばらしい瞬間が人生に訪れるのかと震えました。きらきらときれいで、いま死にたい、この瞬間死ねたら最高だと思うくらいの最高さで。

穂村 未映子さんの世界そのままだね。本人だから、当たり前と言えば当たり前なんだけど（笑）。そういえば、ぼくが選者をしてる新聞の短歌欄に、このあいだ「お葬式にはシャボン玉吹いてねと母の願いを了解しました」（平岡あみ）という短歌が来てた。

川上　しゃぼん玉はお葬式の空気をひっくり返すだけの力がありますね。ファンタジー度で言ったら、ユニコーンに匹敵するくらいのありえなさが、いまここに存在してしまうんですから。

穂村　よくわからないたとえだけど、妙に説得力が（笑）。

川上　わたしもお葬式でしゃぼん玉吹いてもらおうかな。

編集部　なんか美しいけど、はじけるごとにだんだんしんみりしていきそうな……（笑）。

川上　そこはもう、電動のしゃぼん玉製造機、みたいなのを導入して、弾ける間もないくらい、お通夜からずっとしゃぼん玉漬けにしてもらうんですよ。いっそしゃぼん玉地獄みたいな感じになって、最終的にはなんでそもそもしゃぼん玉？　もういいよ、みたいな感じになったりして。いいよね。

28 お菓子（編集部）

川上　ケーキ屋さんに行くと、ショーケースのなかにケーキが並んでるわけですけど、ひとつとしてどうやったらこんなものができるのかわからない。なにがどうなっているのか。とにかくワンダーしかないんです。料理だったら、これは卵を焼いてこうして……とか、まだ少しくらい見当もつきますけど、ケーキは想像もつかなくて、そういうのがずらーっと並んでいるのに圧倒される。色とか。穂村さん、そういうことってないですか？

穂村　うーん、ぼくにとってのお菓子って子どものころ食べていたもので、意外といまも残ってたりする。パラソル形のチョコとか一〇円で四個入っているオレンジの丸いガムとかクッピーラムネとか。いまだったら衛生的にありえないと思うけど、ケロッグのコーンフレークのなかに、プラスティックのおまけのおもちゃがそのまま入っていたり。やっぱり、子どものころがいちばんお菓子を求めているときで、そのときに憧れた気持ちに匹敵するものはもういまはなくて、どれだけゴージャスなケーキを見たり食べたりしても、当時のお菓子に感じた輝きには及ばない。

川上　その気持ちわかります……。ほんとにあのときが幸せだった。いまなにが楽しくて生きてるんだろうって虚しくなってくる（笑）。

穂村　きっと人生の最後に思い出すお菓子もああいう駄菓子だと思う。

川上　わたしがフェルト人形を見たり、刺繍糸が好きなのも、まさにそういう距離感で、もう二度と取り戻せないものを、そうと知りつつその切れ端を追い求めてしまうんですよね。いま穂村さんがわたしの人生を全部まとめてくれたと思いました（笑）。
うちのオニ（川上氏の子どもの愛称）はまさにいまその瞬間を生きていて、なんとなく追体験できるんですけど、それで二重に虚しくもなりますね。

穂村　どうしてそれを取り戻せないのかな。時間感覚の問題なのか、これまでさんざんいろんなものを分節化してしまったので、それ以前のマグマのような世界に触れる体験ができないのか。

川上　その両方なんだと思うな。

穂村　性的には童貞って言うけど、オニはいまその何百倍も純粋な童貞なんだね。「世界童貞」って言うか（笑）。

川上　「世界童貞」ね、たしかに（笑）。わたしはそれを「世界の練習生」って言っています。

穂村　なにを見ても、なにをしても「イクーーッ！」って（笑）。

川上　いろんなものを触ったり食べたりするんだけど、「かあか、すごいね」しか言わない（笑）。

穂村　そこまで理屈がわかってるなら、戻れるんじゃない？　もう一度世界童貞になればいいわけでしょ。

川上　いや、なれないでしょ！　体感の新鮮さが重要だから難しいよ。真剣に考えたら、この先あれだけのヴィヴィッドな体験をすることがなく、抜け殻みたいな人生を生きるだけかと思うと、死にたくなりますね（笑）。寝る前とか、ある文字を見たときとか、一瞬だけかいだ匂いとかで、それがなんだったか思いだすこともできない、でも絶対に知ってたような、懐かしい子どものころの感覚がふわっとよぎることがあるんですけど、その「よぎり」だけを必死にかき集めて生きているなあ。

29 白滝（穂村）

穂村 子どものころ、うちのすき焼きには白滝が入っていたんだけど、当時は糸こんにゃくも春雨も知らなくて、マロニーに至ってはここ数年で初めて存在を知ったくらいだったので。最近、いろいろ知って、似たようなものにこんなに種類がある必要があるのかとか、やっぱりそのなかだと白滝が好きだけど単に慣れの問題なのかとか、微妙な混乱と葛藤がある（笑）。

川上 わたしもおでんの具だと白滝が一番好き。

穂村　それ自体の味はしないけどね。

川上　他の味が染むのがよくて、あとはなんといっても食感。あまり練り物が好きじゃないのもありますけど。

穂村　ぼくも練り物はあんまり。

川上　嫌いじゃないんですけど、どうにも退屈で。というか、白滝と糸こんにゃくって違うんだろうか……。

30　親孝行（穂村）

穂村　他のひとだと許せることが親がやると許せないということが若いころよくあったんだけど、あるときから元気でいてくれればいいと思うようになった。感覚がそこまで行ってないひとを見ると、ああ、親がまだ若いんだな、と。

川上　どういうことで親を許せないと思ったんですか?

穂村　たいていなんでも（笑）。例えば、ぼくの対談を読んだ母親に「おまえこんなこと言って大丈夫なの?」とか言われて、怒鳴りたくなった（笑）。

川上　ええっ、まったく理解できない（笑）。しかもそれはかなり大人になってから、穂村さんが歌人としてじゅうぶん名をなしてからの話ですよね。真剣に、意味がわからない（笑）。

穂村　イラッとくるわけ、あんたになにがわかるって。「ハンカチ持ったかい?」と同じレベルで「うるせーな」と思う（笑）。

川上　そんな世話焼きを言われただけでイラッとするんですか?　信じられない……男のひと、だめすぎ（笑）。

穂村　オニもきっとそうなるんだって。「持ったよ!　っせーな、ババア」とか言う（笑）。

川上　そうなったら、心の底から謝るまで家に入れないよ。あ、逆か。思春期とかになったら、家になんかもともと帰ってこないのか（笑）。

穂村　でも、ふつうのひとより温厚だと思う妻も彼女の母親に対してはけっこうキツいことを言うから、わりと一般的な現象なのかも。

川上　あんなに穏やかなひとでもそうなるってことは、みんな母親的なものにはなにか含むところがあるのかもしれないですね。

穂村　ある時点で、子どもは親の引力圏から離脱しないといけないのに、愛情によって引力を強化されるからイラッとくるんだと思う。

川上　そう考えると、うちはきょうだいも三人いて、経済状況もあってわりと早くから自立したので、子どもを産んで初めて、子どもらしさっていうものを知った部分もあって、そういう話がすごく新鮮に感じます。穂村さんは親孝行とか考えています？　わたしはある意味でずっと親孝行しかしてこなくて、ほとんど人生そのものだったから、あらためて言われてもピンとこないんですよね。

穂村　母親はもう亡くなっているし、父親はさっきも言ったように、異常に元気だからなあ（笑）。

川上　逆にご両親にもっとこうしてほしかったというのは？　完全に未来のオニが言

うことして聞きたいんですけど（笑）。

穂村　それは特になくて、逆にやっぱりこうしてほしくなかったことがあるかな。親って舞台裏を見てる存在なわけで、毎年、バレンタインのときに母親がチョコをくれて、それに絶望した。本音では同級生の女子に向かってぼくにチョコをくれるように頼みたいくらいに思っているだろう、ということが伝わるんだよね。そんな正当なチョコはひとつももらえない自分のみじめさが実感されるし、それは、不安そうに見守る母親の存在によっていっそう痛切になる。それなら「一個もチョコもらえないなんて情けない」と言われたほうがマシだよ。

川上　なるほど……。そういえば、わたしも歌手活動をしていたときに、母が有線放送にたびたび電話をかけてリクエストをして、嬉々として「今日もかかってたで」って報告してくるのが本当に嫌でした。余計にみじめになるってことが母親にはわからないんですよね。純粋な善意、応援なんだよね。「みえちゃん、売れてるみたいやで」とか言ってきて、売れてへんのなんか本人が一番わかってるっちゅうねん！（笑）

穂村　うん。父親はある程度社会性があるので、そこまでベタなことはしないしね。

川上　そうしちゃう母親の気持ちは痛いほどわかるけど、オニが仮になんか表現みたいなことをするようになっても、ぜったいになんにも言わないようにします（笑）。

31　かっこいい（穂村）

穂村　かっこよさっていつも気になっちゃうんだよね。本来、かっこよさとは無関係なところでもその尺度で見てしまう。たとえば、外でご飯を食べるときにオーダーの仕方がかっこいいかどうかとか。単に自分が食べたいものを頼めばいいだけなんだけど、おいしいとか食べたいというレベルとは別に、これを頼むとかっこいいとかそっちが気になる。

川上　それは誰かといるとき？

穂村　いなくても内面の自分が気にするんだよ。

川上　それはちょっとすごいな（笑）。疲れないんですか？

穂村　もうそれが当たり前だから、疲れるとかはないんです。

川上　つまり穂村さんはかっこよくありたいんですね。

穂村　ずっと憧れてる。

川上　わたしのかっこよさの基準はどっちかと言うと精神性ですね。たとえば、なにかで批判されたりすると、自分のなかのかっこよさの目盛りが上がっていくような気がする。

穂村　アウェーだとかっこいいってこと？

川上　もちろん褒められるのもうれしいんだけど、批判されると、より自分の作品や活動が外部にでているような感じがするからでしょうか。より、自分が難しくてしんどいほうへ歩んでいるような気がして、ちょっとだけうれしくなる（笑）。もちろん、読むに値する批判に限ったことなんだけれど。

穂村　かっこいい。

32 許せない（川上）

川上　穂村さん、許せないことってありますか？

穂村　うーん、パッと出ないから、あまりないかも。未映子さんは？

川上　構造的に許せないことは、いっぱいありますね。性差別とか、性犯罪とか。でも個人のレベルだと、やっぱりどんどん減っていく。「これが許せない！」と思うのは、自分が正しいと思ってるからで、歳を取ると、その正しさにあまり根拠がなくなっていくので、「許せない！」っていきりたつことは少なくなりますね。

あと怒るのにもエネルギーが必要なので、なかなかそれだけの元気が出ないんですよね。ココ・シャネルとか死ぬ間際まで怒りつづけていて、すごいというか魂の位が高いなと思います。そう思うと、わたしももっとちゃんと怒らなあかんと気持ちを新たにしますね。

33 自己犠牲（川上）

川上　わたしの母親は昼も夜も働いていたひとで、昼間はちっちゃい喫茶店兼レストランで働いていたんですね。ランチタイムのときに祖母に連れてってもらったことがあって、カウンターのなかでてきぱきと働いている母親を見て、すごくかっこいいって誇らしく思ったのと、わたしたち子どものためにごめんねという気持ちが一緒に押し寄せてきて、涙がこぼれてハンバーグがうまく食べられなかったのを覚えているんです。わたしにとって母親という存在が自己犠牲の代名詞みたいなものだったので、「ヨイトマケの唄」みたいな体験があるんですよね。

ひるがえって自分の息子が、わたしがパソコンに向かって仕事しているのを見ても、果たしてその姿から何かを受けとるということがあるだろうかと思うと、少々複雑な気持ちになります。別に自己犠牲を称揚したいわけではなくて、なければないほうがいいものなんだけれど。

穂村　自分のなかに自己犠牲的な領域がないからか、母親の自己犠牲っていうのもよくわからないんだよね。新聞とかで短歌を選んでいると、やっぱり一定数、いつもお弁当を作ってくれる母に感謝みたいな歌がくるんだけど、なんか素直に受け止められない。自己愛という概念がたしかにあると思えるのの反対で、自己犠牲ってなんなんだろう、と思っちゃう。

編集部　宮沢賢治のいくつかの話とか、もろに自己犠牲がテーマですけど、そういうのにうっとりしませんでした？

穂村　あれくらい遠いと信じられる。つまりお母さんが毎日お弁当を作ってくれる、みたいなのが一番ぴんとこない。

川上　それは、たいした労力じゃないから？

穂村　労力というより、血がつながっているとかの理由があるからかな。

川上　犠牲なんかじゃなくて、それは母親の義務じゃん、って感じになりますか？

穂村　それは思わないけど、距離みたいなものが気になるんだよね。血がつながってるよりはつながってないほうが、同じ人類よりは動物や植物への愛情のほうがいいものに思える。

34　仏の顔も三度まで（編集部）

穂村　これは編集部のチョイスだけど、どういう意図なの？

編集部　これと言った理由はないんですけど、仏なのに三度目は許さないんだというか、じゃあどうして二回目まではＯＫなんだ？　というのが気になった、のかな？（笑）

穂村　三度というのは基本的には七・五のリズムにおさめようという気持ちの問題じ

ゃない？（笑）ぼく自身で言えば、三度までだったら許すという感覚はなくて、一回嫌なことをされると、このひとは何度でも同じことをしてくると思っちゃって、つきあいたくない（笑）。

川上　それは正しい直感じゃないでしょうか。

穂村　いいひとはいつもいいひとで、嫌なひとはいつも嫌なことをする、というイメージなんだけど、けっこう第一印象って外れない（笑）。というか、最初にいい印象を持つと、たぶんその後嫌なことがあっても補正されるんだろうね。

35　泣きたい気持ち（川上）

穂村　「泣きたい気持ち」ってことは泣いてるわけじゃないんだね。

川上　そうですね。泣く寸前、溢れそうな状態かな。

穂村　感動とかカタルシスで「泣きたい」？　それとももう資金繰りがやばくて……みたいな？（笑）

川上　カタルシスですよ！（笑）　資金繰りのほうは、それこそ泣きたくなってる場合じゃないでしょう。

穂村　最近、そうなったのはね、あるひとのお家に猫が二匹いて、大人の猫と子猫なんだけど、飼い主が来たばっかりの子猫の方をついかわいがっちゃう、と。そうしたら、前からいたほうの猫が、子猫が座ってたところに座りにいったりするんだって、そこにいたら自分もかわいがってもらえるかと思って、って話を聞いて動揺した（笑）。

川上　せつなすぎますね（笑）。オニがもっと小さかったころにべろをちょっと出した写真があって、阿部ちゃんとその写真を見て「かわいい、かわいい！」って盛りあがってたら、オニもそれを見てたんだよね、なにかと言うと、ちらっとその顔をしてみせるようになったのと同じですね。大きくなって、もう違う感じになっているのに、ひとが愛情を求めるプリミティブな姿を見たようで、ざわっとしました（笑）。

36

日本（穂村）

穂村　世代にもよるのかもしれないけど、「日本」って西洋に憧れて、なろうとがんばったけどなれず、その間に昔からの日本的な伝統も忘れて、結局なにも主張するものがない国という感覚がある。

川上　憧れているばかり、なのはせつないですね。

穂村　たまに日本のものが外国で流行っていると聞くと、過剰に反応してしまうのはコンプレックスの裏返しだよね。柔道がフランスで流行っていても自分にはなにも関係ないわけでしょ。あまりの片思い度にむなしくなる。

川上　パリに行ったときに、もう身体の規格からして違うって思いましたね。どんな女の子でも腰の位置がすごく高くて、服を着るのがそりゃあ楽しいだろうなって。日本にいたらなけなしの自分の個性や魅力でも磨けばちょっとはマシになると思うから、パックしたり美容院に行ったりするけど、フランスにいたら何もかもが圧倒的に違うので、向上心みたいなものがいっさい無効になって、本当になにもしなくなると思います。

編集部 いっぽうで、西洋を向けばそうだけど、アジアのなかでは日本が一番最初に西洋化に舵をきったので、アジア人に似合うお化粧とかへアスタイルの面では進歩していて、台湾とか中国のひとが日本の美容に憧れるというのはありますよね。

川上 そうだとしても、そこで憧れられても、元々の西洋への憧れは消えないんですよね。

穂村 かっこよさとか素敵さの尺度がそっちにあるかぎりは駄目だよね。だから、なんでその尺度を採用してしまったのかという。

川上 そこが悔やまれるところで。

穂村 岡倉天心の『茶の本』を読みはじめたりする（笑）。

川上 それでもいいんですけど、逆張りである以上、元々の尺度から自由になってるわけじゃないですよね。いつかこの西洋基準が転倒する日がくるんですかね。わたしとしては、足が短くて頭が大きいほうがかっこいい、という世界になってほしいというだけですけど（笑）。

穂村　土方巽の暗黒舞踏とかの世界かなあ。

37 上京（編集部）

穂村　未映子さんは何歳で上京したの？

川上　二四歳のときだから、一五年前、二〇〇〇年ですね。その前に、大学のスクーリングで一カ月住んだことがあって、そのとき、やっぱり東京はいいなと思いましたね。

穂村　なぜ？

川上　大阪にいるときは、ずっと働いていたんですけど、スクーリングの一カ月は仕事をぜんぶ休んで勉強だけできたんです。朝から晩まで勉強できるのが、本当にうれしかった。自分のために使える時間が一カ月もあるっていうのが、東京のイメージとして焼きついていて、上京してから自分の人生が始まったって気持ちがあるんです。

穂村　やっぱり上京は地方の個人にとって劇的な事件なんですね。

川上　阿部ちゃんにしても、上京が人生の節目だったたって言いますしね。中原（昌也）さんとか蓮實（重彥）さんはもともと東京のひとで、やっぱりシネフィルにとって東京で育ったかどうかは大きな問題なのかも。どれだけ小さなときから映画を見てきたかというときに、大きな格差がつくって言ってました。そういう意味では、大阪も基本的には大都市だから、地方から都会に出てきて、という意味での衝撃はそれほどではなかったんですよね。

穂村　ぼくは初めて原宿を歩いたとき、すごくふわふわしたんだよね。「ぼくはいま原宿を歩いている」と脳内で何度も言い聞かせた（笑）。

川上　前の夫は長野の出身で、クラブとかが流行っていたころに、街頭でチラシを配っているのがたまたま自分だけくれなかったりすると、自分が田舎者だからくれなかったんだと思ってしまうんだって言ってました。

穂村　わかる（笑）。いまもまだ、原宿を歩くときちょっと浮き足だつからね。刷りこまれた憧れって消えないいんだよね。

38 晩年（川上）

穂村　塚本邦雄の「紅鶴（フラミンゴ）ながむるわれや晩年にちかづくならずすでに晩年」という歌にあるように、自分では晩年って自然には意識できない。それに昔よりひとのライフステージが曖昧になっているから、単に歳をとって身体的に衰えている状態があるだけで「晩年」って感じじゃないんだよね。「晩年」は人生のサイクルとして、それまでになにかを成し遂げたひとが最後に辿りついた境地というニュアンスじゃない？

川上　春夏秋冬の冬のイメージですね。

穂村　ここまで春も夏も秋もないままだらーっときてるから（笑）、たぶん晩年にもならない。

編集部　全集とか講談社文芸文庫で年譜とかを読んでいて、著作集や全集が出たって項目と、誰が死んだって項目が増えてくると晩年だなあと思いますね（笑）。

39　病気（川上）

穂村　治る病気と治らない病気でぜんぜんイメージが違ってくるよね。

川上　わたしは帝王切開してから病気におびえるようになった実感があります。

穂村　ぼくは緑内障。あと、自分だけじゃなくて親が病気になったりすることも増えていくよね。

川上　はやくそれもしょうがないなと思えるようになりたいです。

穂村　リアルに暗くなるから、次行かない？（笑）

川上　そうしましょう（笑）。

40　物欲（穂村）

穂村　ひとによって食欲、性欲、睡眠欲、承認欲、権力欲……と欲望の強さが違うよね。ぼくはかなり物欲は強いと思ってる。

川上　意外ですね。

穂村　他の欲に比べると、物欲は安心できるからいいんだよね。

川上　満たされたのがわかるから？

穂村　そう。その物を手に入れればいいわけで、満たされた状態がはっきりしてるから。あと他者との関係性に疲れると物に行きたくなるの。

川上　わたしも物欲はあるんだけど、あるときとないときの差が激しいんですよね。

編集部　でもけっこうふだんから服とかバッグとかぬかりなくチェックしてないですか？（笑）

川上　そうなんですけど（笑）、それはただ物としてそういうのが好きなんですよね。おなじ物を見ても見るだけで満足できるときと、ぜったいこれ欲しいなってときの、両方あるんです。どこかで物欲はいつでもないことにできるって感覚があるんですね。

穂村　例えば、閉館時間ぎりぎりに美術館に駆けこんだときに、展示じゃなくてミュージアムショップに行ってしまいそうな気がする。

川上　どうして（笑）。

穂村　だって、展示してるほうは買えないから（笑）。

川上　なるほど。それで言うと、わたしの物欲は、その物自体が欲しいというよりは、展示してあるほうはじゃあいくらで買えるの？　って言って、その目標のためにがんばるって感じかも。一五〇万円のバーキンのバッグと二五万円のちょっとかわいいバッグがあったときに、物として好きなのは二五万円のバッグだったとしても、自分へのハードルとしてバーキンを選んじゃうところがあるかもです。まあ、バーキンが好きだっていうのが根本的にあるんだけれど（笑）。

41 大島弓子（川上）

川上　穂村さんが大島弓子についてどこかで書いていた、「もっとも弱い者が最弱になったときに最強になる」というのがすごく好きなんです。

穂村　トランプの「大富豪」で言う「革命」だね。大島弓子は透明な革命を作品化していると思うんだけど、作中で主人公たちが社会的に強くなっていく過程はけっして描かなかった。少女や子猫たちの真実をこの上なく描いたけど、それが大人になったときにどのようにあるべきかというヴィジョンは描いていない。

川上　お母さんと子どもの関係もよく出てきますけど、本当のお母さんというよりも弱い立場の子どもがお母さん的な役割を演じる話がすごく多い。『ライ麦畑でつかまえて』のホールデンみたいに、自分も子どもなのに、子どもたちをキャッチするということをすごく描いていますよね。だから、たしかに主人公たちの成熟後は描かなかったけれども、まったく成熟とかを排除したわけじゃないと思っているんですけど、どう思いますか？　成熟することの強さは描かなかったけれど、成熟することで失ってしまう何かの悲しさについては描いたというか……。

穂村　大人の主人公がほぼいないということは言えるよね。大島弓子だけじゃなくて、萩尾望都や佐藤史生といった二四年組周辺の人々は、マイノリティであることの自覚が作家性を支えていて、女性であることや同性愛者であることといった問題を先取りしていたと思うけど、あの時代に少女マンガというエンターテインメントの枠組のなかで、ああいう作品を描いていたのは本当に画期的だったと思うなあ。ＳＦとも隣接していたのは、たぶん思考実験というところで通底しているからで、すごくラディカルだったよね。

弱い者が武器を持つことで強くなっても、その時点でもう弱くないわけだから、物理的に革命が成功しても、真の意味では失敗してるわけで、大島弓子は強くなることと逆の方向を突き進むことで、あったはずのない扉を発見するということを繰り返しやっていて、そこに痺れるんだよね。

42 詩人（川上）

穂村 石原吉郎がインタビューで「詩を作るときに最も重視することはなにか?」という問いに対して「リズム」と答えていて、すごく感動したのね。ぼくが同じことを言ってもぜんぜん駄目で、シベリア体験という苛酷な現実を通ってきた詩人が「リズム」と言うところに意味がある。経験や思いに関する答えだったら、それは結局現実が詩に勝っちゃうって話だけど、「リズム」と言ったことでやっぱり詩人はいるんだと思った。

川上　それはとても重要なお話ですね。経験や思いや内面なんかよりも、リズムが大事。これは本当に真実だと思います。あと、詩の授賞式に行くと、当たり前だけど詩人がいっぱいいいて、それを見てるとやっぱり小説家とは存在の仕方が違うような気がしますね。自信があるのかないのか、そもそもなにかをあきらめているのかわからないんだけど、もう詩人でしかありえないというたたずまいがかっこいい人がときどきいらっしゃる。吉増剛造さんとか、俳優でも作家でもなく詩人としか言えない独特のかっこよさがありますね。あれはなんででしょうね（笑）。

穂村　読者を人間と思うか神様と思うかでなにが違うかを考えたときに、つまり小説の読者は人間で詩の読者は神様なんだけど、厳しさの質が違うと思うんだよね。神様を満足させることなんてできないから、本質的には神様が読者のほうが厳しいわけだけど、現実的には人間相手に本を売ることのほうが厳しいという側面もあって、その意味では神様を相手にしている詩人のほうが楽だというのもある。というか、本当の本当に神様を相手にしたら詩人なんて続けられないしね。魂ははかられないけど部数ははかられるので、小説家のほうが厳しいとも言える。

川上 それですごいなと思える詩人に会うと、いつも不思議な気持ちになるのかもしれません。詩人というのは人間と神様のあいだに立っているひとなんですね。でも、まあ、大半の詩人は神様を相手にしているつもりで、やっぱり自分を相手にしているから、ほとんどの詩人は駄目だ、なんて言われるのかも。神様にも読者にもむかっていない、中途半端な存在なんだと。

43 憧れ（川上）

川上 「憧れ」って憧れる対象がなくても成立する概念で、そこがいいんです。

穂村 すごく重要な感情だという気がぼくもしていて、前に高原英理さんと対談の本を出す話があって、その時、やっぱり「憧れ」への憧れが大事ってことで合意して、タイトルは「憧れ小猿」にしようか、と言ってたのね（笑）。嫉妬はひとが陥りやすい感情だと思うけど、そっちに行くと地獄で、憧れのほうに倒れると天国への道がひらかれるような。

川上　ただ憧れはどこかイノセンスとセットな部分があるので、大人になった今、言葉にすると変質してしまうような気もする。

穂村　最近、対談の仕事が多いんだけど、憧れの先輩に会いたいという気持ちはむしろ強まっている気がします。

川上　そういえば穂村さん、前に角田光代さんと川上弘美さんと鼎談していたときに、憧れの歌人として大滝和子さんのことをおっしゃってましたよね（『文學界』二〇一二年一一月号、「短歌のことば、小説のことば」）。あれを読んだとき、「穂村さんの憧れのひと」というフレーズでドキッとしちゃって、それ以上読めなかったんです。

穂村　「眠らむとしてひとすじの涙落つ　きょうという無名交響曲」「ロザリオのごと瞬間（たまゆら）のつらなれる一日（ひとひ）終えつつ脈はやきかも」「海（わたつみ）へ指輪はめむとするごとくさみしきことを君もなしいる」なんて歌を作る人だからね。片思いとはまた違う感情。

川上　そう考えると、歳を取ってても憧れを抱くことによってもう一度自分のなかのイノセンスを駆動させられるってことですかね。

穂村　実在のひとに憧れる場合でも、本当はそのひとの背後にある世界への思いだから。そのひとがいることで自分にとっての、その世界への扉が開かれるんだね。

川上　あと憧れがいいのは、憧れの先がなくて完結してるところで、永遠の夕焼けみたいにそれ自体で完成しているんですよね。

穂村　理想はそうだけど、なかなか憧れだけで完結できなくて、つい「甲本ヒロト革ジャン」とか検索しちゃう（笑）。

川上　穂村さんはブレないなあ（笑）。

穂村　憧れのミュージシャンと同じ革ジャンやギターを買いたいって思わない？

川上　そのひととおなじ物を持っても、なんにもならないよ。思わないよ（笑）。

穂村　みんな「川上未映子　ウィッグ」とかで検索してると思うよ（笑）。

川上　それはただの願望で、そういうのを憧れとは言いたくないなあ。

穂村　そうかあ。そのひとみたいになりたい、とりあえず革ジャンやギターから、っていうのは素朴な憧れじゃない？

川上 物が絡むと純粋さが落ちませんか？　憧れはあくまで精神的なものであってほしい。

穂村 ギターの弾き方や煙草の吸い方を真似するのは可視化された精神性への憧れじゃない？

川上 それが一般的だとすると、わたしが憧れをちゃんと理解していないのかもしれません（笑）。

穂村 未映子さんの憧れのひとは誰なの？

川上 昔から誰かに憧れたことが特にないんですよね……。憧れるのは、あるフレーズとか、作品とか、なのかなあ。例えばわたしは野中ユリのコラージュの世界に憧れのようなものがあるけれど、それは作家にたいしてではないし……。ほかには、まだ存在していないけどものすごい詩集とかへの憧れがあって……やっぱりわたしの憧れ観が違うのかもしれないですね（笑）。

穂村 純粋なんだね。ぼくは野中ユリの作品、買っちゃったからなあ。

川上　あっ、わたしも買った……。

44　媚び（川上）

穂村　未映子さんは若い女性の物書きがツイッターとかで、先輩に対して「あわわわ」みたいに反応するのを批判してたけど、ぼくなんかほぼその名人みたいなものだから、冷や汗が出ました（笑）。

川上　批判っていうほどちゃんとしたものじゃなくて、単純に、「適当なことやってんなあ……」って思うんですよ（笑）。まあべつに適当でいいんですけど、「○○さんが読んでくださったなんて信じられない。あわわわ、お目汚し失礼しました」とかってやっぱり恥ずかしいですよ（笑）。「あわわわ」ってなんだよ、と。「あわわわ」って打っておこうと思って打っているわけだから、ぜんぜん「あわわわ」してないし、大半が冷静な目で、「あー面倒くさいな。でもリプ飛ばしとかないとあとでもっと面倒だな、打っとくか、『あわわわ、ありがとうございますぅ！』」って感じだよ。穂村さんは「あわわわ」なんて言いませんよね。

穂村 その通りには言わないけど、なるべくそういう痕跡を消しながら「あわわわ感」だけ出そうとする。

川上 なるほど（笑）。

穂村 それだけあなたはわたしにとって大きい存在です、というアピールなんだよね。未映子さんの「あわわわ」批判を聞いたとき、すごくいいところを突くなと思ったよ（笑）。

川上 前に、みんなどれくらい「あわわわ」言ってるんだろうと思って検索したことがあるんですけど、ほんっとーにみんな「あわわわ」言ってるんですよ！「あわわわ」を書いてるのを見た瞬間、わたしのなかでその人の魂のランクが最下位に落ちますね。やっぱり適当に媚びてあしらうひとよりは生意気なひとのほうがいいですよ。穂村さんは媚びるひとって好き？

穂村　好きも嫌いもまず自分が「あわわわ」だから（笑）。未映子さんに言われるまで、それが媚びだって意識できなかったくらいだし。

川上　「あわわわ」を見てもなにも思いませんか？

穂村　挨拶みたいなもので、そんな汚いものだと思わなかった（笑）。

川上　汚いならまだ価値があるけれど、ただ単に「適当」って感じですよね（笑）。

穂村　もうできないよ。

45
薔薇（編集部）

川上　薔薇は本当に好きで、博覧会とかも行くし、いつかガーデニングを極めたいと思っているんです。でも、咲き乱れてるっていうよりは、緑の多いところにぽつぽつと咲いている感じが好きだなあ。

穂村　詳しくないけど、青い薔薇に関するニュースだけは気になっちゃう。定期的にそれが流れるたびに、「こんどこそ本物?」って興味を惹かれる。中井英夫の青い薔薇への執着がすごくて、やっぱりあれは非在の象徴なんだろうね。

川上　青い薔薇でネット検索すると、これまで実現したと言われるものが出てくるけど、そんなにいいものじゃないんですよね。あれはやっぱり概念上のものだからいいのであって、実在させるものじゃないんですね。

穂村　「薔薇」は漢字も薔薇っぽいのがいいよね。これじゃなかったら、こんなに人気はなかったと思う。

川上　そう!　「薔」の字はぐるぐるが幾重にもあって花の姿に似ているし「薇」もとげとげしいのが茎みたいなんですよね。

46 四月（川上）

穂村 なぜとりわけて四月なの？

川上 特に理由はないんです。四月は好きだけど、七月も好きだし三月も好きだし、嫌いな月ってないんですよね。

穂村 ピュアだ（笑）。

川上 四月はさみしいのが好きですね。暖かくなって花も咲いてすべてがこれから始まるってときに、絶対そうじゃないひともいる。それが浮き彫りになるのがさみしいんです。

穂村 いよいよ少女のような……（笑）。

川上 みんなが浮かれているなかで、沈んでいるひとたちがいることで、逆にそういうひとを輝かせるんですね。四月は他の月とは違う光に満ちていて、好きです。

穂村 四月って新学年で自家中毒の季節って印象だなあ。よく熱が出たり体調を崩してた。「四月は残酷な月」っていうT・S・エリオットの詩があるよね。

川上 そうそう、四月は残酷。すごく残酷な月。

47 昭和（穂村）

穂村 小学生の女の子たちが歩いていたんだけど、そのなかのひとりが「昭和ってなーに？」って言って、誰かが「平成の前だよ」って答えてるのを聞いたとき、なんかショックだった。

川上 わたしは昭和五一年生まれだから、だいたい最後の一〇年くらいを生きた感じですね。もう平成のほうが長く生きているのに、自分が平成のひとという感じはしなくて昭和だなあと思ってしまう。人生って、だいたい一五歳くらいまでで基本が固まって、あとはその変奏でしかないって、最近とみに思います
あと「昭和」と言えば、「昭和体型」（笑）。平成生まれの子はみんな足が長くて、同じ日本人って思えない。でもたまに足の短い子どももいて、ちゃんと昭和が生き延びてるなと、思っちゃいます（笑）。

穂村　昭和までは元号で考えたけど、終わったら西暦になったよね。子どものころ、祖父母は明治生まれで、明治・大正・昭和と三代生きたから年寄りなんだと思っていたけど、このまま行くとぼくらも昭和・平成・その次と三代生きるわけだよね。そのとき、明治生まれ＝年寄りみたいな感じで、昭和生まれ＝年寄りって思われるんだろうね。

48 依存（編集部）

川上　依存も体力がないとできませんよね。体力があってもやっちゃ駄目だと思いますけど（笑）。でも、なんで依存したらいけないんですかね。主体性がなくなるから？

穂村　そうじゃない？

川上　穂村さん、異性に依存したことありますか？

穂村　異性に限らず依存的だと思う（笑）。

川上　ほんとに⁉　ぜんぜんそんなふうに見えないけど。

編集部　え⁉　ばりばり依存体質に見えますよ（笑）。

川上　男女で穂村さんの見え方が違うってこと？

穂村　たとえば、独居老人とかになって、身の回りの世話をヘルパーさんにしてもらうときに、ヘルパーさんを口説いて甘えようとするとか最悪の依存だと思うけど、全ての希望がなくなったらそうなる可能性はゼロじゃないような。

川上　え、ちょっと待ってくださいよ。ほんとに⁇

穂村　たとえがよくなかったね。うまく言えないんだけど、どこまでいっても底が抜ける可能性はゼロにならないという不安。関係性についても、現象としては正反対でもきっかけ次第でどっちにも転ぶと思うんだよね。恋愛とかで共依存ってネガティブなイメージかもしれないけど、まあラブラブとも言えるわけじゃない。そういうポジティブからネガティブまでがそんなに離れてないというか。

自立することで自分のアイデンティティを保つひとが一定数いて、ぼくは同性でも異性でもそういうひとと仲良くなりがち。こちらはすぐなんでも依存してしまって、相手はそれを「しょうがないな」と言って処理することで自己肯定感を得る。これも一種の共依存なのかもしれない。

川上　好きで好きで離れられない……みたいなのはわかるけれど、それだけだとやっぱり依存とは言わなくて、自分のその思いを継続させるために相手に犠牲を強いるようになったら依存、なのかもしれない。穂村さんの文脈では，お互いの損益が一致していると依存は依存でもそんなに深刻な問題にはならないってことか。というか、日常的に人を頼るときって、そもそもどういう気持ちなのかが実感がないのでわからないんです。

穂村　なにかしようってときに、まずちょっと待ってみるわけ。

川上　なにかしなきゃいけないのがわかってるのに、なんでそこで待つんですか？面倒だから？

穂村　面倒だし誰かにやってもらったほうが楽だし……。

川上　えっ……（笑）。それをやることでなにか学べるとか自分の経験値が上がるという欲望はないんですか？

穂村　それがないから、どんどん差がついちゃう。有能なひとは経験を積んでどんどん有能になってくし、楽をしてるぼくはどんどん無能のひとになる。むかし一緒に住んでた男友達との関係がまさにそれだった。

川上　そうなの（笑）。いやあ、穂村さんの知られざる一面を知った気がします。

穂村　未映子さんがそれを感じないことのほうが不思議（笑）。

編集部　依存するのがうまいひとっていますけど、要は依存させてくれそうなひとを見分けるのがうまいんですよね。

川上　そういえば、昔の女友達でそういう子がいたんですよ。テストで八〇点とってても「どうしてあと二〇点とれないの？」って言われる育て方をされて、かわいいんだけど自分に自信がない。舞台女優をしてるんですけど、肝心なところで自分を信じ切れないから硬くなっちゃう。自分だったらこうするのに、なんでそうしないんだ、って見てると苛々して、なぜかわたしが、「今度オーディションがあるから、何日にここに行って……」って手取り足取り世話を焼いていました。いま思うと、なんでそんなことをしないといけないと思ったのかがわからない。あれはまさに共依存でしたね。

穂村　ぼくと暮らしてた友達は、自分と同じタイプの有能な奥さんと結婚したんだけど、うまくいかなかった。ホテルの駐車場で誰かに車をぶつけられたときに、夫婦間で喧嘩になったんだけど、その理由が「自分のほうがこの件をうまく処理できる」って譲らなかったからなんだって。

川上　ものすごい話ですね（笑）。

穂村　異次元の世界でしょ（笑）。

川上　わたしとその友達は、わたしのほうが疲れちゃって別れて、わりとそれっきりになってしまったんですけど、穂村さんはその友達とはいまでも仲良くしてる？

穂村　してるよ。お互い基本的な性格が変わらないからね。彼は大企業の秘書室長をやっていて、重役の海外出張とかについていくわけ。で、次々にトラブルが起こるんだけど、それをひとつひとつ処理していくのが楽しいと言っていた。ぼくとしては絶対やりたくない仕事だけど、それを楽しめるひともいるのね。

49 なんちゃって（編集部）

川上　これはいわゆるワナビー的な「なんちゃって」ってことでいいんですよね。

編集部　はい、そうです。

穂村　もともとの意味（?）は、なにか言って「なーんちゃって」って打ち消して冗談にする言葉だよね。

川上　そうそう。もう死語になっちゃった「てへぺろ」みたいな感じで、発言の責任を中和させるというか。考えようによってはずるい言葉なんだけど、これからもわたしは積極的に使っていきたいと思ってますね（笑）。でもこういう言葉って、いつ寿命が尽きるかわからない。小説は小説の世界があるからいいんですけど、エッセイでこういう言葉を使って、いつのまにか時代遅れというか痛さむい感じになったりしていないか、いつもびくびくしています。年上のひとの書くエッセイを読んでいて、あ、この雰囲気っていうか言葉遣い、ちょっと、いやだいぶ古いよな……と思うことがあって、いつか自分もそう思われるだろうことには常に不安がありますね。

穂村　ぼくは言葉が古くなるかどうかよりも、自分のもともとのダメさがにじみでてないかが不安（笑）。

川上　いま木嶋佳苗さんの文章が絶妙に八〇年代の女性誌的な古さを醸し出していて、きっと彼女はイケてると思って書いているんですけど、こういうズレがいつ自分にもくるか心配なんです。

穂村　それはある程度仕方ないっていうか、自分でコントロールできないんじゃない？

川上　そうなんですけど、たとえば今五〇代半ばくらいの男性作家が女の子のことを「姫」とか言うのも、しんどい。でもこれは年齢に関係なく、ある文化圏の傾向なのかも……。というのも、いつだったか、ある若い女性作家が何かのインタビューで「好きな乗り物は？」という質問にたいして「男」って答えていたんです。いや、わかる、わかるけど、それすごくないか、っていうか……。

穂村 たとえば、美輪明宏とか矢沢永吉とか黒柳徹子くらいまで行くと、そのキャラが突き抜けたところで安定してるからズレなくなるわけでしょ。

川上 彼らの場合は、もうそれも込みの存在だから、そこだけ切り離すことはできないですよね。彼らにおいては、それ以外のふるまいというのは有り得ない。でも、そうじゃない人たちの場合って、やっぱり中途半端だし、なおかつ「この感じで大丈夫だよね、まだイケてるよね」という自意識がセットだから、なんだかすごく不安になっちゃう。もうこれ、完全に明日は我が身ですよね（笑）。

50 失敗（川上）

川上 「失敗を恐れるな」とか「失敗こそが自分をかたち作ってきた」とか「失敗」

って世間的にポジティブに捉えられがちだけど、もはや失敗を振り返る体力もなくなってきたというか。「失敗」を挙げておいてなんですけど、失敗の価値が下がってきた気がしています。失敗しても、明日生きていかなければいけないから、特に落ちこんだりもせず、次行こ、次って感じですね。

穂村　場数が増えると、一回あたりの成功の重みも失敗の痛みも軽くなっていくよね。それは基本いいことだと思う。若いとき、失敗を恐れてなにもできなかった。やらなきゃいけないんだけど、やっぱり怖いっていう。戦績が〇勝三敗とかって三回チャレンジして全敗ってことだから、次のチャレンジがすごく恐くなる。そこから〇勝一〇〇敗の可能性もあるわけだから。それがぼろぼろに場数を踏んで九六〇勝一〇二八敗とかになって、一勝も一敗も軽くなるのはいいことだと思うな。

川上　勝つ経験があるかないか、ということと、試合数は重要ですよね。

穂村　若い子たちがそれぞれ自己紹介をする場面に居合わせたことがあって、ひとりずつ立って発言するんだけど、そのうちのひとりの男子が第一声ですごくハイブローなギャグを言ったんだよね。でもハイブローすぎて誰にも通じなかった（笑）。ぼくもすぐにはわからなくて、何人か進んでから、さっきのはこういうギャグかとわかったのね。その子はたぶん落ち込んだと思う。考えに考えて放ったギャグが考えすぎたゆえに完全に真空に浮いてしまったというのが、自分を見るようで、気持ちが痛いほどわかった（笑）。

川上　前に寺山修司とか宮沢賢治の同時代で、同じかそれ以上の才能があったんだけど、さまざまな事情で寺山や賢治にはならなかったひとがいて、そういうひとが気になるっておっしゃってましたよね。いまや穂村さんはどちらかと言うと、寺山や賢治のような有名歌人になったと思いますけど、歴史に残らなかった同世代のひとたちのことは、やはり気になってます？

穂村　そういうひとたちが気になるのは、自分がその中間的な性質だからだと思うのね。寺山や賢治になれたひととなれなかったひとの中間。未映子さんは明らかに未映子さんで、むしろ未映子さんになれなかったひとを生む側だよね。しかし、そのラインってどこで決まるのかっていう興味がある。

川上　でももう穂村さんは無名のまま死ぬってことはなくて、一方で賢治みたいな、死んでも生き続ける存在になる可能性はまだありますよね。それでも中間にいるって思うんですか？

穂村 才能や結果のこととはまたちょっと違っていて、最初から意識のあり方が違うってことかな。未映子さんもそうだしアラーキー（荒木経惟）とか町田康さんとかもそうだけど、寺山や賢治側のひとは見ただけでこのひとが持っているエンジンは違うなと思うんだよね。

川上 それはなにでわかるんですか？

穂村 ちょっと喋ればわかるんじゃない。たとえば、横尾忠則さんや大竹伸朗さんには「もし画家になれなかったらどうしてましたか？」という質問をそもそもさせないだけのギンギン感があって、あれは少年の時から変わってないんだと思う。どうやったらそこまで自分で思いこめるんだろうと思うよね。

川上 思いこむ？

穂村 意志が必要ないくらい細胞レベルでそうでしかないオーラを出しているというか。

51 お別れ（川上）

川上　子どものころからずっとお別れのことばかり考えてきた人生ですよ。毎日、ほんとにお別れパーティーみたいな気持ち。だって絶対にくるわけだから。考えませんか？

穂村　「さよならだけが人生だ」みたいなこと？

川上　子どもの頃から、真夜中のある一瞬に、自分がいつか必ず死ぬということがものすごくリアリティを持って迫ってくることがたびたびあって、いまでもときどきやってくるその宇宙大のリアリティに飲みこまれる瞬間があるんですけど、あの感覚の、あいまあいまに生きてるような感じがある。それはほとんど体験で、いまこうやって「みんないつか死ぬよね」って話してる認識とはまったく違うんです。でも、真夜中にやってくるその体験の記憶があるから、こうして穂村さんと話した帰り道とかも、穂村さんとわたし、どっちが先に死ぬのかなとか考えて、年齢的には穂村さんが先に死ぬ確率が高いから、その弔辞を考えたりしてしまう。

話がとぶんですけど、弔辞って不思議なアイテムで、本当に伝えたいひとはもうそこにはいないのに、いちばんそのひとに伝えたいことが言われる。だから、穂村さんが生きているうちに弔辞を書いて伝えておくべきじゃないかって真剣に考えたりするんですよね。「お別れ」がこの世でいちばん本質的なイベントだと思うんですけど、穂村さんはどうですか?

穂村　そうだなあ。「お別れ」って言語化することが面白いと思う。その内容なら「死」って思わない?

川上　うーん、それはやっぱり「生」というものが、やっぱり他者によって規定されてるって感覚が強いからかもしれない。他者がいてこそ、って感じかな。あとは、「死」と言ってしまうと、客観的というか、状態を表す言葉になりすぎて、主体性が薄れるように思います。

穂村　なるほど。聞いていると、未映子さんの情の厚さを感じるなあ。ぼくは「お別れ」に、もう少し人間の世界にとどまらない消失感を覚えるというか。

弔辞は弔辞でぼくもよく考えちゃって、それは対人間に特化しているわけだけど。

川上　弔辞とはまた別に、世界は毎日ひどいことも多いけど、お休みの午後のしゃぼん玉とか葉っぱが陽光に光るグラデーションとかすばらしいこともあって、その世界ともお別れするって感覚で、やっぱり「死」よりは、そういった世界との「お別れ」という気持ちがありますね。

穂村　夕焼けやしゃぼん玉や葉にあたる光というのは、予兆的というか、本来のものが背後に隠れていて、そのような徴候としてのみ現れるって感覚がある。じゃあ、その本来のものってなにかと言ったら、死の向こう側にあるものという気がする。

川上　死の向こう側というのはもう少し説明するとどういうことですか?

穂村　われわれがそこから来てそこに還る場所かな。パンを千切るみたいに、肉体に千切られていまこっちに存在してるけど、時間制限があってそれを過ぎたらパンじゃなくなって元いたところに戻らなきゃいけない。

川上　元いた場所っていうイメージはあるんですか？

穂村　生まれる前と死んだあとが同一っていう、わりとよくあるイメージだと思うけど。

川上　わたし、そのイメージがないんですよね。

穂村　ぼくも実感としてもつわけじゃないけど。たとえば韻文的言語表現って、基本的に予兆を扱うものだから、言葉それ自体というより言葉の連なりが音楽のように暗示しているなにかを感じるってことなんだよね。

川上　なるほど。予兆と言われると腑に落ちますけど、どちらかと言うと、わたしはやっぱり予兆よりも夕焼け自体、葉っぱ自体をすばらしいと受け取っている気がするんです。

編集部　それ自体に感動するのと、なにかの予兆として感動するというのは、じつはそんなに異なることではなくて、どちらもそこでものすごい情報量を受け取って、一瞬五感が麻痺するというところに感動がある気がします。

川上　さっきの穂村さんのたとえで言うと、もしわたしたちが千切られたパンで、大元の種みたいなのがあるとして、いつか種へと還っていけるのなら、それはすばらしいヴィジョンじゃないですか？　穂村さんは死は完全な無とは思わない？

穂村　そうだね。実際のところはわからないんだけど、思いたくない。

52　ブラジャー（穂村）

穂村　このあいだ雑誌の短歌欄の作品募集で「ブラジャー」って題を出したんだけど、乳がんの手術をしたひとからクレームが来たのね。「ブラジャー」は、病気で乳房を切除したひとのことを考えていない無神経な出題だと。そのときにぼくは、でも「靴」とか「眼鏡」も出しちゃったなと思って、それは事故で足を切断したひとや失明したひとのことを考えてないことになるのだろうかと。ただ「靴」や「眼鏡」と「ブラジャー」はイコールでないという考え方もあるよね。そしたら、たとえば「かつら」って題を出すだろうかと思ったわけ。「帽子」は出すだろうけど、「かつら」は出さないだろうと。でも「かつら」と「ブラジャー」もイコールとは言いにくいよね（笑）。

川上　「かつら」と「ブラジャー」は近い気がするけどね。

穂村　どちらも性差のバイアスがある言葉だよね。「靴」は出す、「かつら」は出さない、じゃあ「ブラジャー」はどっちだろうって、いまだにちょっと自分のなかで答えが出ていない。

川上　「ブラジャー」って題を出したとき、穂村さんとしては「靴」と同じ意識だったんですよね。

穂村　いや、そういわれると一瞬、躊躇があった。特に深く考えず、性的なものだからぐらいのひっかかりだったんだけど。ただ、そのひとは批判とともにちゃんと短歌も送ってきたのね。胸を切除してしまってさびしいという内容だったんだけど。それでさらに考えさせられた。

川上　反射的なクレーマーじゃなかったと。

穂村　そう。ちゃんと短歌で応えて、その上でこの出題には異議があると。他の題で、作る側がブラジャーについて触れるのはいいけど、出題がブラジャーなのはいかがなものかと言うわけね。

川上　なるほど。難しいですね。でも、いろんな問題のエッセンスが詰まっている気がします。

穂村　男性もけっこう応募してくれて面白い歌も多かったんだけど、そもそも男性にはコミットしにくいって話もありえたわけだよね。間違っていたとはいまもあまり思わないんだけど。

川上　そういう異議申し立てはほかにもあったんですか？

穂村　いや、その一件だけ。

川上　ブラジャーにせよかつらにせよ、たとえばTVのCMとかで普通に流れてますよね。そのひとはそれにも反応するのかな。

穂村　たぶんそこも単純なイコールではなくて、短歌の題だったからひっかかりをおぼえたと思うんだよね。CMとは違って言葉で応答せよってことだから。応答せよって言われても、悲しさとか喪失感しかないって瞬間的に思ったんじゃないかなあ。

53 見栄（編集部）

川上 岡村靖幸さんと対談したときに、初対面だったんだけど、対談する前に先に撮影しましょうと言われて、メイクされて並んでいるときにいきなり「虚栄心、ありますか」って言われたんですね。「うーん……あった時代もあるけど、いまはあまりないですかねえ……」という返事をしたんだけど、初めて会った相手に、挨拶よりもさきにまずそれを訊くというのがいかにも岡村ちゃんって思った（笑）。穂村さんは虚栄心ありますか？

穂村 すごくあると思う（笑）。自分を実際よりもいいものと思われたいという心が強すぎて苦しい。

川上　それは歌人としての才能とか？

穂村　いや、存在がいいものと思われたい。何回も会うひとには、結局ごまかせないから、そこまで虚栄心が発動しないんだけど、仕事上で一度会ってもう会うことはないだろうなってひとには限りなく良く思われたい。いい印象を与えて二度と会わなかったら、そのひとの中で「あのひとはすごく素敵だった」で完結するわけでしょ。つまり、写真で「奇跡の一枚」ってあるけど、それをできるだけ残したい。

川上　よくわかるけど（笑）、本当に虚栄心のあるひとはそんなことをそもそも言わなくないですか？

穂村　そんなことはないと思うよ。

川上　でも「奇跡の一枚」を残したいひとは、じっさいにそれが撮れたとして、「これは奇跡の一枚だ」って言わないでしょ。

穂村　いや、言える。現象のレベルの問題というか、ただ語っているだけなら、むしろ率直なエピソードであって、そのひとにとってのぼくの評価を下げないと思うから。

川上　虚栄心のあるひとって「自分は虚栄心がある」って言わなくないですか？

穂村　それは初級編でしょう。

川上　真の見栄っ張りって、自分が見栄を張ってるところを見抜かれたら死にたいってものじゃないの？　いや、穂村さんの場合、「見栄を張ってる自分をそうだと言える俺かっこいい、って言ってる俺かっこいい、って言ってる俺かっこいい……」というような具合で、メタメタメタメタ……になってるのか。

穂村　先日、文芸評論家で創作も教えている池上冬樹さんと喋ったんだけど、彼は本当に虚栄心を感じさせないひとで、いい先生ってこういうひとだと思ったのね。先生が生徒の作品に次々とコメントしていくときって、いつもうまく言葉を選べるとは限らない。ある作品についてつい悪く言ってしまった場合に、その作者は傷つくよね。でもいい先生だと、そこまで傷つかない。真っ暗なところまで落とさないというか、人格的な灯りが常についている。でも、ぼくは生徒に良くなってほしい気持ちよりも自分が良く見られたいという気持ちのほうが強いので、そういうとき、ひとを真っ暗にしちゃうと思うのね。だから、先生はできないと思っているけど、自分の中にそういう闇がないひとには、それをいくら説明してもわからない（笑）。で、虚栄心についての池上さんの意見が面白かったんだけど、「ぼくも昔はそうだったけど、あきらめたんだよ」と。なぜあきらめたんですかと訊いたら「ハゲたから。ハゲたらもうどんなにかっこつけたって駄目よ。穂村くんはまだ髪がふさふさしてるから悩めるんだよ（笑）」と、きっぱり言うのを聞いて、善なるものの世界像はこうなんだと納得した（笑）。

54　夏休み（編集部）

穂村　夏休みというものがなくなって何十年も経っているけど、いまでも八月の終わり頃になると、みんな夏休みが終わろうとしてて大変だろうな、でももうぼくは夏休みがないから大丈夫、と思う。

川上　それは誰に？　子どもたちに向かって？（笑）

穂村　夏休みのあるすべてのものたちに。「夏休み」と言うと素晴らしいことが起きるイメージがあるのに何も起きない、キラキラした冒険とか一夏のボーイミーツガールとかまったく起きる気配がないということが苦しかった。

川上　嘘でしょ（笑）。

穂村　『スタンド・バイ・ミー』みたいな、ちょっとした非日常の冒険があって、みんな少しだけ成長したって物語が、いっさい起こらなかったよね。

川上　まず物語が先行していて、それを求めてしまうわけですね。

穂村　そういうものじゃないの？（笑）

川上　ふつうそういうものじゃないよ（笑）。まあ、女の子にはいわゆる「恋愛」トピックにはそういう緩やかなオブセッションもあるだろうけれど、いわゆる冒険も起こらなかったし、べつにそれを求めてもいなかったなあ。わたしの場合は、ということだけれど、やっぱり女の子にとって初潮が来て社会的に「女」になっていくのが無意識のうちにすごいプレッシャーとしてあって、そうなる前の小学校高学年の最後の夏休みが夏休みのなかの夏休みとして、とても充実した時間だったのを覚えています。

団地の子とずっと遊んでいて、今日は一日スーパーマリオをする、明日はプールに行くということを繰り返して過ぎていった日々は、いま思うと本当にかけがえのないものだったなあ。

穂村　線路をどこまでも歩いていったり、夜のガードレールにぼろぼろの天使のように腰掛けたりしなくてもいいの？（笑）

川上　そんなのいらないよ（笑）。このだらだらとした至福の時間はもうすぐ終わってしまうんだろうなと思ったことをすごく覚えてます。実際、そのあと、やっぱり男と女ということを意識しだして、遊び仲間が分裂していったし。

55 サウナ（編集部）

川上　わたし、一〇代のころ、本当にサウナが大好きで、毎日入っていたんです。倒れそうになるまでサウナに入って水風呂に飛び込むのを一日に何度も繰り返してました。ほとんど部活のように行ってってましたね（笑）。

穂村　ぼくは苦手だなあ。目が乾くし、目が乾くということをものすごく意識してしまって入っていられない。

川上　サウナの熱々になっている石に水をかけるとどんどん熱くなるんですけど、それを警報が鳴る直前までやって、じっとしているのが大好きで。

穂村　そうなんだ（笑）。ぼくは自分が好きなひとがサウナが好きだとショックを受けてた。松田優作、サウナ好きなんだ……とか（笑）。

川上　ふつうみんなサウナ好きだと思うよ！　あの限界に挑む感じ、そしてそれが必ず敗れていく感じが最高じゃないですか。

穂村　それは未映子さんならではの感覚だと思うな（笑）。そんなに好きなら、家に作ればいいんじゃない？

川上　うーん。でも、いつか別荘とかにサウナ小屋を建てるのはありかもしれない。そうしたら穂村さん来てくれますか？

穂村　それは入らざるを得ないよね。「うちのサウナに入れんって言うんかい。あなたはわたしに心を開いてない」って言われる（笑）。

川上　「目なんか乾かしといたらええんや。目薬でもさせや」って（笑）。

56　スノードーム（川上）

穂村　スノードームを初めて知ったのはいつだったたっけな。安西水丸さんが集めていたよね。

川上　スノードーム美術館の名誉館長ですよね。

穂村　ぼくも一個持ってる。

川上　一個だけ？　穂村さん、スノードームすごく好きそうなのに。

スノードームって世界が閉じ込められていて、それがいくつもいくつもあるのがいいんです。生まれ変わったらスノードーム屋をやりたいくらいだし、スノードームが並んでいるみたいな気持ちのする短編集を出したい。ある季節や時間が限定された空間のなかに捉えられていて、人間が考えた物体のなかで、かなり完璧に世界を表しているものだと思います。

穂村 ドールハウスじゃ駄目なの？

川上 ドールハウスは外部と繋がっているから純粋性が弱いんです。

穂村 じゃあ万華鏡は？

川上 万華鏡も近いけど、無機質なので。やっぱり風景とか時間とか、雪みたいに儚いものがそのままミニマムに閉じ込められているのがいいんです。スノードームのなかのひとは自分たちがスノードームにいることを知らないわけでしょ。それをわたしたちが見るわけですけど、同時に、わたしたちもスノードームのなかにいて誰かに見られているのかもしれない。そういう感覚を呼び起こすのがすばらしい。

穂村 だんだん水が減ってきてて、気になってるんだよね（笑）。

川上 どきどきしますよね（笑）。水入れるのも嫌だし、このまま水がなくなるのも嫌だし。

編集部　それはどこかから蒸発してるんですか？

穂村　わからないけど、一〇年で数センチ水位が下がってて、いますぐどうこうってことはないんだけど、いつかなくなると思うと、どきどきする（笑）。

57　伊勢神宮（川上）

穂村　ぼくは行ったことないんです。

川上　伊勢神宮に行ったことがないってすばらしいことですよ。わたしは仕事でしか行ったことがなくて、もちろんすごいと思うんですけど、伊勢神宮を好きなひとが苦手なんですよね（笑）。伊勢神宮に行くと御利益があると思っているひととか、樹に抱きついて「エナジーが……」とか言うひととか。さもしいな、って思っちゃう。あとそもそもパワースポットが好きなひとたちが苦手。ほんとにもうどうしようもなくて神様に助けてもらいたいという本気の気持ちで願掛けに行くとか、昔の人みたいに一生に一回お伊勢さんに行くのが夢だ、何日もかけて訪れる、みたいな感じだったら、それはもうすばらしいし、というか御利益がありますように、と心から思うんだけど、今の「ちょっと足しとくか」みたいな感じなのが、どうも。他力本願は最終手段なんだよ！　とか思ってしまう。言葉が悪いけど、「幸せジャンキー」みたいで。

穂村　行ったことがないから好きも嫌いもないんだけど、なにかはあるんだろうなとは思ってるんだよね。

川上　スピリチュアルなひとって、精神的なことを言っているようで、じつはかなり現世利益的。パワースポットにそれだけまめに通える時間と経済的余裕があるなら、もうじゅうぶん幸せでしょうよ、それ以上何を望むんだ、しかも他力本願で、とか思う。

穂村　そこで本当はなにをしているのかという素朴な興味はあるよね。本来は宗教的なものが政治や経済よりも根本的に世を動かす原理として存在していたと思うんだけど、どんどん現実一辺倒になっていった。パワースポットの流行も、それに対する反動がねじれたかたちで現れているんじゃないかな。ふつうに現世利益だけを考えているのならば、大企業の入り口に行って、門に抱きついたりしてもいいわけだから（笑）。

川上　そうだよね。

穂村　でも大企業に行くと、逆にエナジーを吸われるような気がするから、伊勢神宮にいくわけでしょ。

川上　本当に虐げられていて、伊勢神宮のパワーが本当に必要なひとは伊勢神宮に行くっていう発想すら持てないわけですよ。伊勢神宮に行くひとは、もう十分パワーを持っているのに、もっともっとっていうその姿勢が……。

穂村　じゃあ、ぼくは本当に必要になったときに行くようにするよ。

58 過保護（編集部）

穂村　自分が過保護にされているって最初はわからないよね。

川上　やっているほうだってたぶんわからないということを、いま実感しています（笑）。

穂村　このあいだ馬場あき子さんのお宅にお邪魔したときに、食べ物が余ったのをみんなで持ち帰ろうという話になって、一個ずつビニールに詰めたんだけど、ぼくが取ってきたビニールを見て馬場さんが怒ったのね。「あんた、こんな小さなものを入れるのにこんな大きなビニール使うやつがあるか」って言われて、すごくびっくりした。

川上　穂村さんとしては、マッチしてるつもりだったの？

穂村　マッチって考えがまったくなかったよね。

川上　適当な大きさって概念がなかった（笑）。

穂村　そう。物の大小にあわせて、袋も大小選ぶ、という発想がなかったわけ。これはもういまからでは間に合わないと思った（笑）。

川上　それはちょっとすごいな（笑）。でも、ちゃんと怒ってくれる、というのもいいですね。九〇歳近い年長者とは言っても、なかなか五〇過ぎの大人を怒れませんものね。昨今だと、パワハラとか言われちゃうし。怒られた瞬間、どう思いました？

穂村　ちょっと嬉しかった（笑）。

川上　嬉しいんだ（笑）。

穂村　怖くもある。やっぱりふだんそんなに怒られないわけだし、そうやって自分が見過ごしているものがどれだけあるのかと思うと。

川上　過保護って、ある程度時間が経たないと、過保護が成立しているのかもわからないですよね。

穂村　過保護の成立って（笑）。これは過保護としては不成立、なんてことがあるの？

川上　わたしの場合は過保護が不成立で、穂村さんは成立したわけですよね。

穂村　過保護の成立というよりは躾の不成立なんじゃない？（笑）

川上　それをポジティブに言ったら過保護が成立してるってことだから（笑）。でも、子育てしていて思うけど、大人二人に子ども一人だと、どうしても手出ししちゃうんですよね。過保護にならざるを得ない。それを感じるのが、公園に行ったときに、甥とかは遊具でどんどん遊ぶんだけど、オニは「うーん、むずかしい!!」とか言ってやめちゃう。既にいろいろ葛藤がありますね。

穂村　ぼくはまさにそれをしょっちゅう親に批判された。いとこは積極的にいろいろチャレンジして遊ぶのに、おまえはなんでやりもしないのにあきらめるのかと。

川上　穂村さんがもうオニにしか見えない（笑）。穂村さん、その批判に対してどうしたんですか？

穂村　苦しかった。いとこが世界に対してチャレンジしていく姿がまぶしくて、でも自分は怖いわけだから。

川上　過保護でよかったと思うことってあります？

穂村　やっぱり過保護にされると、どんどん実力勝負になっていく世の中に対してギャップが広がるわけだからよくないよね。

川上　なんにもプラスはなかった？

穂村　きっちりしつけられたらもっとちゃんとしたひとになってたと思うけど、たぶん物書きにはなっていなくて、その意味ではよかったと言えるのかもしれない。

川上　もし過保護にいいことがあるとしたら、子どものときに十分に愛情を注がれたら、大人になっても自己評価も肯定的だし、なにかに依存したりせず自信をもって生きていけるってことだと思うんです。でも、穂村さんは過保護にされたけど、依存体質だって言うし、やっぱりいいことないんだろうか（笑）。逆に、大人になったときに、どうして誰も自分を過保護にしてくれないんだと思っちゃったりするんでしょうか。

穂村　一度は失楽園状態になるね。世間に親はいないわけだから。

川上　その挫折から自立するひともいれば、そこでうずくまっちゃうひともいますよね。どんな環境であれ完璧ってことはないけれど、難しいですよね。

59 コンビニ（編集部）

川上　初めてアルバイトしたのがコンビニだったんです。直営店じゃなくてフランチャイズのお店で、絵に描いたような小太りの兄妹が経営していたんですけど、中原昌也さんの小説かっていうくらいに不条理な目に遭いましたね（笑）。監視カメラがなぜか従業員に向いていて、ちょっとでもミスがあると激怒する暴君のような経営者で、でもみんな高校生とかで社会のことなんかわからないから、ほんとにいいようにされていた。お金が合わないから補充しろとか、そもそも最初に歓迎会とかやってビールが出てきて「これ、いいんですか？」と言ったら「いいのいいの」とか言ってたのに、あとから「あのときビール飲んだよね」とか脅してくる。何かにつけて契約違反だの裁判だの言って書類をつきつけてきて、完全に確信犯で、こんな大人がいるんだと恐ろしくなりました。

穂村　そのお店はまだあるの？

川上　たまに大阪に帰ったときに見るんだけど、まだあって、その二人がいるか確認はしてないんだけど、絶対いるよね。まだ同じようなことやってると思うと、本当に腹が立つ。よくいじめとかＤＶとかで、なぜその異常さに気がつかなかったんだ、どうして外部に助けを求めなかったんだ、とか言われるけれど、閉ざされた世界で絶対的な権力者がいるとできないんだよ。監禁めいたことをしたり突然机を蹴って威嚇したり……それがわたしのコンビニの思い出（笑）。

穂村　話がかなり意外な方向に行ってしまった（笑）。ぼくはふつうにお客として行くからコンビニは好きだな。ぶっといコミックとかを買ってきて読むよ。

川上　穂村さんがコンビニのああいう安くて分厚いマンガ読んでいるのって、ちょっと意外ですけどね。という話をこのあいだあるひととしていたら、「それが二一世紀なんだよ」と言われて、ああそうかと納得しました。ハイブラウな文学者であることとコンビニエントな消費生活が矛盾なく共存している。

穂村　ずいぶん大きな話だね（笑）。

川上　「コンビニ好きな自分」は見栄的に大丈夫なんですか？（笑）

穂村　えっ、ダメなのかな。「ファミレス好きな自分」については意識してるけど、コンビニには良くも悪くも特にないなあ。ファミレスはやっぱり最初に行ったときに、これはすごいと思って、日本中にできればいいと思ったけど、そしてそうなったけど、あるところからどんどん衰退していっていまやすべてガストになってしまった。未来予想って当たらないなと思うんだけど、コンビニはいまも増え続けていて、この隙間に出店するのは無理でしょというところにも、容赦なくできたりするね（笑）。

60　ファミレス（穂村）

川上　ファミレスも苦い思い出があって（笑）、これも完全に個人的な話になるんですけど、ビクターと契約して東京に出てきたときにCD屋でバイトをしていて、そこでゲイの友達ができた。彼に「あなたは何をするために東京に来たの」って言われて「歌手になるために来た」って言ったら、「ビクターと契約してるなんてすごい。絶対あなた有名になるわ」って言われてクラブとかに連れていってくれたんです。それで、ご飯食べようってことになって、ラ・ボエームとか当時はすっごくおしゃれに見えて、わたしもはりきって化粧して行ったんだよね。そしたら、そこで彼が合流した彼の友達からウェイターさんにまで「気安く話しかけないでよね！　この子すぐビッグになるのよ、あんたたちとは住む世界が違うようになるんだからね！」って目いっぱい推してくれたんです。それはよかったんですけど、当時、CD屋のほかにも家に仕送りするので朝四時に起きて一〇時までデニーズでもバイトしてたんですね。で、翌日、お客さんのコールがあって行ったら、まさにゲイの彼とその友達がいて、「あ。バイトしてたんだあ」って笑いながら言われて、ものすごく動揺した。あんなに動揺したことって、未だにない（笑）。別に後ろめたいことはないし、何も恥ずかしくなる必要はないからそのまま一生懸命仕事してたんだけど、なぜか見られてはいけないものを見られた気がして、だんだん具合が悪くなって（笑）。それを家に帰って当時付き合っていた男の子に、「……ってこんなことがあってんけど、わたし変よなあ、一生懸命働いてるの見られただけで、なんか胸が苦しくてさ、しんどくなって……」とか言ったら、「うわあ、自分よう耐えたな！　俺やったら恥ずかしくて死んでるわ！」って涙流す勢いで爆笑されて。ああ、あれはめっさ恥ずかしい状況やってんなと気がついた（笑）。これがわたしのファミレスの思い出。

穂村　逆に「持っている」というエピソードな気がする（笑）。実際、ビッグになったわけだし、いまからしたら恥ずかしくはないんじゃない。

ぼくはたぶんファミレスが最初に日本にできたころから見てると思うんだけど、ああいう店員が制服を着てて、家で出てこないような洋食が出て、日本じゃないって気がしたんだよね。まだフローリングの時代じゃなくて、畳の上にカーペットを敷いたりして、家の中をしょぼい洋風にしてみても、その外は日本なわけで、アジアですらないいつぎはぎのどうしようもないわびしさがあった。そこにファミレスはぴかぴかなアメリカとして現れたわけ。本当はダイナーでもないからアメリカでもないんだけどね（笑）。高校から大学にかけて、雑然としてカオスな日本からの唯一の避難所で、友達と信じられないくらい長時間居座っていた。最近、若い才能のあるクリエイターと話す機会があるんだけど、才能に加えて彼らはほとんど睡眠時間も取らずに仕事をしていて、それをあのころの自分に教えたら焦りで気が狂うと思う（笑）。

川上　わかる。ファミレスで友達と無為に過ごしてしまうの、すごくわかる（笑）。

穂村　しかも、そのとき話してたどうでもいい話をなぜかいつまでも覚えている。友達が「これだけファミレスがある中で、もしどこか一つがライスおかわり自由にしたら、そこがファミレス界を制する」と言っていて、みんなで「ほんとそうだよな。なんでそこに気付かないんだろう、わかってねえよな」って賛同して（笑）。

川上　「いま俺ら世界の真実に触れてる」って。わかるなあ。目に浮かぶよ（笑）。

穂村　そんなことを言っているあいだに、本当の才能は黙々と自分の仕事をしてるんだね。そのとき、それを知ってたら絶望して死んでた（笑）。というか、うすうすは知ってたんだろうね。

61 永井均（編集部）

川上　穂村さん、永井さんの本って読んでます？

穂村　読んだことないんです。

川上　そうですか。わたしもあらためてなにか言うとなると、何を言っていいのかわからない（笑）。

編集部　最初に読んだときの感想とか。

川上　うーん、人間って人にたいしてそのときどきに持つ感情って変化することが多いと思うんだけど、永井先生にたいしては、一生変わらないだろう感情があるというか……。

編集部　初めて読んだときからいまに至るまで、まったく変わってないですか？

川上　変わらないんです。最初は本で知って、その後じっさいにお会いする機会も得たんです。なんというか、永井先生って、永井先生の本と、おなじなんですよね。わたしの永井先生への気持ちというのが、自分でもよくわからない。でも、自分にとってものすごく特別で重要だってことだけが、本当にわかるというか。

編集部　それは彼の書く思考への思いなのか、「永井均」という人間への思いなのか、どっちなんでしょう。

川上　それが分けられないんです。おなじなの。お会いしても、彼の性格とかが前面に出てくることはなくて、本を読んでいるときと変わりませんし、人間としての永井均と思考としての永井均の差がうまく感じられない。こんなことってあまりないでしょう？　でも、みんなそういうひとを一人ぐらいは持っているんじゃないかしら？

穂村　ぼくは、未映子さんにとっての永井さんとか、高橋源一郎さんが描く吉本隆明みたいな、作品と人格が一体になっているかのような信頼感を少なくとも男性については持ったことがないんだよね。すばらしい小説や批評を書いているひとが、すごく卑近な欲望を持っていても驚かないし、誰に対してもそういう可能性を考えてしまう。

川上　女性ではどうですか？　たとえば大島弓子さんとか。

穂村　やっぱり女性のほうが魂が錬磨されているという気はする。

川上　大きく来ましたね（笑）。魂の錬磨。

穂村　男性で有能だと、そこまで自分を厳しく律していくことができないんじゃないかと。ちょっと話がずれるけど、昔、好きな思想家のひとがいて、友達の女の子が彼に教わっていたんだけど、その女の子が彼の同僚の先生と寝て、それをその先生が彼に伝えたらしいのね。そうしたら、「ぼくもお願い」って言われたって（笑）。もうなにも言えなかったよね。これが現実かって思ったよ。

川上　……。

穂村　それ以降、そのひとの本を見ると「ぼくもお願い」のひとだと思っちゃって、これほど頭が良くても、人間性は変わらないんだと。未映子さんは永井さんに対しては絶対の信頼がある？

川上　いや、永井先生がどうとか以前に「ぼくもお願い」は、性的な欲望の発露のなかでも最低レベルですよ！　知り合いの誰が言ってても、ふつうにひくよ。とはいえ、永井先生かあ……どうしよう。わたしのなかの永井均2・0が始まる瞬間かもしれない。いや、でも、「ぼくもお願い」ていどのことで、この思いの本質は変わらないはず。っていうか、変わってほしくない。でも、どうなんだろ（笑）。

62 夜（川上）

穂村　夜書いたものを朝読み返すと恥ずかしくて死にたくなるってよく言うけど、あまりそういう実感がない。

川上　わたしもそれはないですね。下手だな、と思っても、死にたいまでとは。でも、昼と夜、どちらが大事かと言ったら、圧倒的に夜ですね。大事なことってぜんぶ夜に起きるもんね。

穂村　乱歩に「昼は夢　夜ぞ現（うつつ）」って言葉があるよね。長いバージョンだと「うつし

世はゆめ　よるの夢こそまこと」だけど、ぼくは短いほうが好きで、乱歩も夜のほうを可能性に満ちた時間帯と考えていたその体感がすごく伝わってくる。

編集部　やっぱり文学は非生産的だというのもあるし、その栄光も軽薄も含めて夜の仕事という気がします。

63 ミステリ（編集部）

川上　ミステリってちゃんと読んだことないんです。

編集部　よくできたミステリってそれこそスノードーム的な完成された宇宙を書いていると思います。

穂村　登場人物に「こんなひといないよね」という木偶（でく）の坊感があるのが、逆に魅力だったりする。「こんなひといない」というのは現実世界のリアリティだよね。そのリアリティが必ずしも絶対ではないということを伝えてくれるので、ミステリはぼくも好き。

川上　いつかミステリをまとめて読みたいと思ってるんですけど、なかなかその機会がないんです。

穂村　精神科医の春日武彦さんもミステリが好きなんだけど、いわく「いろいろ事件が起こるけど、そしていろいろなものの意味が変容するけど、俺は相変わらずソファに寝転んでるぞって」(笑)。これはスノードームの世界を見ながら、その外部にいる特権と同じだよね。

川上　なるほど。

64

武器（穂村）

編集部　穂村さんのチョイスですけど、どういう意図で「武器」なんですか？

穂村　一〇代のときに、自分がこの先生きていくためにスポーツとか勉強とかなにか得意分野を持たなければいけないっていうのがあるじゃない？　何にも見つからなくて、そのとき、車がない時代にアイルトン・セナが生まれていたらどうなっていたかとか考えるんだよね。あるいは野球のない国に長嶋とかイチローが生まれていたらとか。それでもセナはなにかしたんだろう、ということになるのか、車がなければいかにセナでもどうにもなるまい、となるのか。野球の天才はほかのスポーツもできるかもしれないよね。でも、F1は車がなかったらアウトじゃん（笑）。実は馬に乗っても速いのかな。

川上　そもそも男のひとは、Ｆ１でも短歌でも、あるいはふつうに会社勤めをしていても、これは俺の武器だということを意識するんですか？　たとえば編集者として、すごい編集者になる！　とか俺の編集としての武器はここ！　というのがあるんですか？

編集部　そんなことを考えていたころもありましたね（笑）。

川上　昔なんだ（笑）。穂村さんは？

穂村　うちの高校は東大に一人も行かないような普通の高校で、そこでも一番になんてぜんぜんなれない。だから、勉強を武器にしようとは思えなかった。そして、どんなスポーツでも、そもそも学校で一番とかじゃないと駄目で、その上で市↓県↓全国で勝負していかないといけない。これはもう途方もない道のり。そういう体感だと、何をしていいのかわからなくて、ずっとデニーズで友達とダべっていた。

川上　ＣＥＯになった気分で「ご飯おかわり自由で勝てる！」って（笑）。

穂村　（笑）。心のどこかで、こんなことしてたらまずいというのもわかってて、大学生のときにいよいよやばいと思って短歌を作り始めたのね。そこで初めて自分の本当の位置づけが可視化されるわけ。

川上　そこでまた途方もなさがきますよね。「おまえ、これ、一から始めちゃうわけ？」みたいな（笑）。

穂村　そう。しかも短歌だから、ジャンルとしてはマイナーなくせに歴史とかは途方もない。

川上　そのとき、俳句や詩でなくて短歌にしたのはどうしてですか？

穂村　うーん。あまりにも何をしていいかわからなくて。それで初めて購買部で買ってきたカードに短歌を書いて、教室で隣に座ってた友達に見せて、「面白いね」と言われたときの手応えのなさに痺れた（笑）。

川上　手応えがあったんじゃないんだ（笑）。

穂村　そう。夢枕獏の小説で読んだ、空手を習いだしたひとが、初めて巻きワラを正拳で突いたときに感じる手応えのなさというのを思い出したよね。初めて現実に自分で何かをやったときに、世界とのスケール感がズレすぎていて何もわからないんだよ。

川上　そこからどうやっていまの穂村弘にまで持ち直したんですか？（笑）　そもそも

短歌なら俺いけるかも、っていうきっかけはあったんですか?

穂村 なかった。そのときの不安な感触をすごく覚えていて、この手応えのなさについて学校でも教えてくれなかったし、世の中に情報がないなと思う。

川上 最初どうだったかを、みんな思い出せなくなるのかも。

穂村 あるいは、そもそもそういう感触がないか。この話って講演とかでたまにするんだけど、みんなすごく関心を示す。でも、ぼくは自分の体験以上のことを見聞きしたことがなくて、あとは「夢枕獏の小説で初めて巻きワラを……」としか言いようがない(笑)。

川上 逆に、みんな手応えがないまま、ずっとやってきてるとも言えそうな気がする。

穂村 どうだろう。手応えあるひとは最初からあるんじゃない? 演劇団体「マームとジプシー」の藤田(貴大)くんとかアラーキーは第一歩からエンジンがかかってそう。

未映子さんは自分の武器とか考える?

川上 よく「自己プロデュースがうまいねー」とかバカにされるんだけど(笑)、ぜんぜんなんにも考えてないんだよね。小説については、今回はこういうことをしようとか、それをしたら次はああしようというのはあるけど、自分がどう思われるかとかべつに考えないよ。でも、歌っているときも手応えのなさは別に感じなかったというか、初めてマイクを通して歌ったときに「やっぱうまいな」と思ったしなあ（笑）。だから、手応えにかんしては、成功するしないって完全にセットってわけでもないのかもね。

穂村　最初からエンジンかかってる側の人間だからかなあ（笑）。ぼくの手応えがないって話、理解できる？

川上　わかるよ（笑）。でも文章でも手応えがないと思ったこともないなあ。京橋（大阪）の駅前で路上パフォーマンスとかもしたけど、なんか気持ちの上では最初からできたよね。「コードまちがってるで」とか言われても「あ、そうか」っていう感じで。なんか自分はできると思っているというか、手応えのなさに鈍感だという気がする。

穂村　結局、自分の中にしか正解はないので、活路があると思えばあるんだよね。しかし、自分の中に正解が見えないひとは、誰が褒めたとか何人来たみたいな外側に正解を求めるから、それが得られないと手応えを得られない。一人で石を掘りに行くのが好きという友人がいて、憧れてるんだよね。自分だったら石を採りに行ってハンマーでカキンカキンとやったときに、なんか手応えがないということに耐えられないと思うから（笑）。

川上　やっぱり穂村さんは内発的な衝動があったとしても、その結果が外からどう見えるかを先取りしちゃうんだね（笑）。最初から完璧になりたがるというか。

穂村　なんなんだろうね。正拳突きをしたら裏返った声が出そうな気がするんだよ（笑）。しかも、変な声を出してぜんぜん違うところを叩いて痛さで飛び上がっても絵になるひとはなっちゃうわけ、長嶋とかそうでしょ。デビューが四三振だったけど、その空振りがじつに絵になったとか。

川上　穂村さんは事前に情報を入れすぎるんじゃない？（笑）みんなあまり考えずに「セイッ」ってやるんだよ。

穂村　だって、そもそもそういう情報があるから興味を持つわけで（笑）。

65 お金持ち（穂村）

穂村　子どものときにじぶんの家が貧乏だと気づかなかったんだよね。そのことに大人になって気づいてびっくりした。友達の家は豪邸で、うちは六畳と四畳半の社宅なのに、それをなぜか貧富と捉えていなかった。

川上　それは幸せだったからじゃないですか？　そのときの穂村少年にとっては経済より愛情のほうが大きかったわけで。

穂村　うん。そうなんだろうけど、それが信じられないの。毎日遊んでいた友達の家は、庭が何百坪もあるような家で、うちなんて犬小屋みたいなものなのに、愛情でその現実が完全に無化されていたのが、もはや汚れてしまったぼくには信じられない（笑）。

川上　金持ちっていまだとどのくらいだと金持ち感が出るんですかね。

編集部　資産運用とかをナチュラルにやっていると金持ちって感じがします。配当だけで生活できるとか。

川上　うちは金持ちからはほど遠いですね。資産運用もぜんぜんしてないですし。

穂村　じっさいにお金を持っているかどうかというより、それで購える文化資本みたいなものの差が大きいよね。大学に入ったときに、このクラスで両親が大学を出ていないのはもしかしたら自分だけかも、と思って驚いた。

川上　わたしの家も貧乏だったから似たようなものですけど、穂村さんはそこで将来お金持ちになろうとか思いませんでした？

穂村　その意識はあまりなかった。いろんな欲望があるけど、一番強かったのは自己実現欲で、何者かにならなくては生きていけないと強く思っていたいっぽうで金銭欲は薄かった。いまも資産運用をするんだったら、その時間で原稿を書いたほうがいいと思うし。

川上　それはそうですね。資産運用とか株に興味が持てないのは、自分が書いたことでお金がもらえるというのが、自分にとって唯一のリアリティだから。資産運用とか入り込む余地がないよ。

穂村　お金を払ってお寿司を食べたり鞄を買ったりすると儲かったと思っちゃう（笑）。こんなにすばらしい体験がお金を払うだけで得られるなんて、と。

川上　それは新鮮な意見だなあ（笑）。わたしは毎年、確定申告のときに一年でなにいくら使ったかが全部明るみに出されて、その都度すごく落ち込むんです。わたしもそう思えるようになりたい。

穂村　たぶん消費の度合いが違うよね（笑）。

川上　自分がむかし月に二〇万にも満たない給料で生活していたというのに、三〇万のセーターとか買ったりして、わりに罪悪感をおぼえるんです……。すっごく働いてすっごく稼いだ年があったんですけど、一年前と貯金の残高が変わってないのを見て、もうお母さんの顔が浮かんだんですよね。なにをやってるんだろう、わたしは、という気持ちになった。やっぱりそんな気持ちで消費しているのは駄目で、穂村さんみたいに儲かったと思えるようになりたいですね。来年の目標はそれだ（笑）。

66 初体験（川上）

川上 少女マンガに描かれる初体験は、期待値とおそれのデフォルメのされ具合がものすごくて、あれ、もっとなんとかならなかったのかなと思うんですよね（笑）。よくもわるくも付加価値が乗りすぎていて、すごい呪いを背負わされてる気がするんです。

穂村 「初体験」と言ったときに、一般的に性的なそれを意味するように、ほかに匹敵するものがないんだよね。まあ直感的には不思議ではなくてわかるんだけど、あらためてなぜかと考えると、やっぱり人間が人間を作る行為の入り口だからなのかな。

川上 わからないですね。でも、たしかにほかのものとは違うという感じがあります。

穂村 本当に質的に違うのか、そういうふうに後天的に学習したからなのか気になるよね。

川上　初体験ってまた初潮とも違う重みがあるんです。初体験はもう引き返せない、無垢じゃなくなるという強迫的なイメージがあるんですけど、人それぞれな部分もあって、お祭りの帰りに河原でなんとなくさばさばとやっちゃったという子もいるから、誰もが重いわけでもない。でも、わたしにとっては重くて苦しい呪いの儀式だったなあ。

少女マンガとか少女文化のなかでは、処女を「あげる」って言い方がされますよね。男にとって童貞は「捨てる」ものでしょう。このことからもわかるように、処女でなくなることとって自分のコントロール権を部分的にせよ失うことにつながってるんですよね。別の言い方をすると、その相手によって自分の価値が自動的に決まるみたいなところがあって、たかがセックスなのに、たかがセックスじゃないかのように思わされているのが本当に嫌です。四〇歳を目前にして、わたし自身、まだその価値観から自由になれていない。それが本当に腹立たしい。そういう意味で、初体験は地獄のはじまりで、遠くにあったけどいつか来ると思っていた黒い雲がついに来たという感じでした。
女の子はセックスして、「あー、こんな男とするんじゃなかった」と後悔することがままあるんだけど、男にとってセックスは誰としても基本的にいいものだということですね。

穂村 男にもしなければよかったというセックスはあると思うけど。

川上 仮に後悔したとしても、自分の価値が下がったとまでは思わなくないですか？

穂村 そういう場合は、たぶんやる前にやめちゃうよね。

川上 そのへんがカジュアルに選べるあたりで、ダメージが違うなと思います。決定的に自分を脅かしたりはしないわけでしょう。でも女の場合は、こんな男としてしまったというのが自分の過失のように思われてしまうんです。

穂村 そのダメージが完全になくなったら別世界だね。女がどれだけセックスしても髪の毛一本も傷つかない世界だったら、なにもかもが変わると思う。

川上 でも男が傷つかないのなら、女だって傷つかないことが可能じゃないかと思いますし、そうであるべきだし、その可能性は追求したいですね。

穂村　その非対称性は形状の問題なのか、フィジカルな問題なのか、社会的な問題なのか、あるいはそれらの複合なのか、どうなんだろう。

川上　いろいろあわさって、というのが現実だと思いますけど、刷り込みは別格として、形状も大きいですね。やっぱり入れられるのと入れるのとだと後者のほうが優位な感じがどうしてもしてしまう。

穂村　どうしてだろう。食べる食べられる関係とかもあるのにね。

川上　たとえば、いま男の子を育てていますけど、男の子っておちんちんを発見する瞬間があるんです。自分のを見て「ちんちん、ある」って言ったあとに、わたしを見て「かあか、ちんちん、ない」って言う。そのときに「ないんだぁ」って目をするんですよ。で、阿部ちゃんを見て「ちんちん、ある」と。こういうのが三つ子の魂的に、女には人間にあって当たり前のものがない、と刷り込まれていくと思うんです。それを根絶してやろうと思って、「わたしにはまんまんがある」って言ったんですよ。おまえには見えないけど「かあかにはまんまんがあって、おまえにはない。だから、おなじ」と言ったら、一瞬「え⁉」って顔をして混乱したんですけど、そうやって地道に変えていくしかないのかなあと思っています。

穂村　すごい根底から教育しているね(笑)。「かあかにはおっぱいがあるけど、おまえたちにはない」って言ったらいいんじゃない？

川上　場所が同じじゃないと駄目なんですよ。ちんちんの代わりに胸というのはあくまで代替でしかない、と子どもでも思う気がする。

穂村　どうして余計な物があるというふうに認識しないんだろう。

川上　やっぱりそれが重要な物だと直感的に知っているんだろうなあ。「大事だからあまりさわっちゃだめよ」って教えられるし、なんか嬉しそうに触るんですよね。

加えて、性器も含めて女性が自分の性を話すことが社会的に抑圧されていますよね。男がちんちんをなにかいいものとして育つのと逆に、女はなにか駄目なものを持って生まれたと刷り込まれて生きていくわけで、それはわたしが生きている間に少しでもひっくり返したいことですね。

67 美容院（川上）

川上　穂村さん、美容院って行きます？

穂村　うん。

川上　月に一回くらい？

穂村　ほんとはそれくらい行かないといけないんだろうけど、三カ月にいっぺんくらいかな。

川上　穂村さんほど理想の自分を自他含めて意識しているひとにとって、美容院ってほとんど戦場だと思うんだけど、いつもなんて言っているんですか？

穂村　もうお店のひとにおまかせだよね。

川上　でも髪型なんて正解がないから、もっと自分をよく見せてくれる髪型があるはずだってならない？

穂村　それを目指しだしたら苦しいでしょ。

川上　苦しいよ（笑）。でもいちばんわかりやすくドラスティックに変えられるところだよね。

穂村　でも、髪なんてどうしたって伸び続けるわけだから、それをかっこよく保ちつづけるとか無理だよね、というのが素の感情としてある。

川上　だから、いつもベストの髪型であるように、定期的に切ればいいんだよ。わたしはそのベストの髪型があると思っていて、いつも探求してます。

穂村　なんか説得力があるな（笑）。ぼくも探そうという気になってきた。

川上　穂村さんは美容院はどこに行ってるんですか？

穂村　駅前のチェーン店。

川上　それは家から近いから？

穂村　そうだね。引っ越してまた最寄り駅の駅前のそこになった。

川上　それって洋服で言ったら、言葉は悪いですけど、ジーンズメイトで買うような……。

穂村　そんなに自分の髪型がダサいとは知らなかった……。

川上　ぜんぜんそういう意味じゃなくて、似合ってるしかっこいいとも思うけど、服装が近年ぐっとおしゃれになられたように、髪型ももっと追求できると思うんだけど。服にあったような野心が感じられない（笑）。

穂村　もっと髪型も攻めるべきなの？

川上　そうそう、パーマかけてみたり。

穂村　昔、パーマをかけたときに、おばさんって二回言われたから、もうかけないと誓った。

川上　（笑）。

穂村　バイト先の男子トイレでとなりに並んだ先輩に「うわ、おばさんかと思った」って言われた（笑）。

川上　いつも美容院でなんて言ってるんですか？

穂村　「おねがいします」って（笑）。

川上　それだけでこうなるんだったら、チェーン店のひとが優秀なんだね。同じ美容室でもどの美容師さんが切るかでまったく違いますからね。カットってやっぱりすごくて、ちょっと切るだけでも作家の文体くらいの違いがある。やっぱり髪型とか服装って保守的になりがちで、少しの変化で満足しがちになるんだけど、本当にカットのうまいひととかは思いもかけないようなそのひとにぴったりの髪型にできるんですよ。穂村さんはほかのところではひたすら理想を追っているんだから、髪型でもそれを目指せばいいと思います。

穂村　かっこよくなろうとしてみじめな目に遭うのがこわい。

川上　でも髪なんてそれこそすぐ伸びるんだから、失敗しても大丈夫だよ。

68

表現者（穂村）

穂村　これ、ぼくが選んだ言葉だけど、なんで選んだのか思い出せない。そして、特になにも言いたいことがない。替えない？（笑）

川上　ええっ!?（笑）本当になにもないんですか？

穂村　そうだなあ……「表現者」ってことが言われ出したのってわりと最近だよね。

川上　むしろ昔のほうがよく使われてませんか？　いまだったら「クリエイター」って言いません？

穂村　そうか。でも、選んでおいてなんだけど「表現者」も「クリエイター」も、ちょっと恥ずかしいんだよね。

川上　わたしも（笑）。でも、「表現者としてなにが必要ですか？」とかよく訊かれませんか？

穂村　未映子さんはなんて答えるの？

川上　年々、わからなくなってきているけど、今訊かれても、もうわからないなあ。でも、環境とか才能とか、これがあれば表現者になれますっていう公式はないと思います。

穂村　ただ、たまにこれは表現者になるしかないという表現欲の燃えさかったひとがいるよね。そういうひとを見ると、いつもびっくりする。逆に「なにか表現したいことがあるからひとは表現者になるのであって、ただ表現者になりたいだけのひとは駄目」って言われるけど、まさに自分だと思う（笑）。

川上　たとえば、穂村さんと動機が似ているひとに対してはどう思いますか？

穂村　「コンプレックスはないんですか？」って訊いちゃう。谷川俊太郎さんでも「経済的理由」と言ってるし、「頼まれた仕事をやっていたら、それが続いて……」というリアクション型でもすごいひとはいるんだけどね。ただ、ぼくはそれとも違って、表現者に憧れがあった。

川上　じゃあ、「表現者になって雑誌で特集されたりTVに出たりしたいです」というひとについては、どう思いますか？　仲間だと思います？

穂村　思わない。そういうひととじぶんの違いをなんとか探そうとする。あ、でも、雑誌で特集はされたい……。

川上　（爆笑）。

穂村　そういう矢っていっぱい飛んできて、「短歌って短くて楽だからじゃないですか？」と言われると、そう言われてみればそうかも、と思ったり（笑）。絵画やピアノなんて、毎日何時間もデッサンしたり練習するのを何年もやって、それでもプロになれないって世界じゃない？　それに比べたら、「短歌なんて日本語さえ知っていれば書けますよね」と言われたら、まあそうだよねと思う。これだけ練習したから、みたいな裏付けがまったくない。

川上　でも、イージーな、いわゆるワナビーとは一緒にされたくはないんですね（笑）。

穂村　「短歌って簡単ですよね」とそこまでわりきったことが言えるひとのほうが、むしろ才能があるのかもと思うよ。魂はたいして変わらないのに、自分のほうがちょっとはいいところがあるはずだ、と悪あがきをする人間こそが駄目だね。

川上　いや、穂村さんとそういうひとはやっぱり違いますよ（笑）。

69 後悔（穂村）

川上　これは「お別れ」で言ったことと似てて、九二歳の祖母がいるんですけど、たぶん生きてあと数年だろうと思うんです。すごいおばあちゃん子だったので、会おうと思えばいくらでも大阪に行けるのに、行っていないということが毎日真綿で首を絞められるように苦しくて。いつか必ずどーんと来る後悔を、日々前借りしている感じですね。

なにか人生すべてについて、そういう感覚があるんです。いつでも小さな後悔の種を蒔いていて、あるときそれを一気に収穫するみたいな。特に対人関係ですね。なにをしても、いつかきっと後悔するということを積み重ねてる気がするんです。

編集部　それはもはや後悔じゃないですよね（笑）。

川上　たしかに後悔を先取りしてるんですよね。でも、絶対にいつか後悔はするんだから、おかしくはないよね？

編集部　それはわかりますけど、どうせいつか後悔するのなら、そのとき悔やめばいいとは思いませんか？

川上　というより、やっぱりどうしていま自分はおばあちゃんに会いに行けないのかというのが問題なんですよね。ビッグファイブ（地球上に多細胞生物が現れて以降起こったとされる五度の大量絶滅）のことを考えたら、お金なんて食べるに困らなければいいし、洋服だってなにか着るものがあればいいし、自分の仕事だって大層なものじゃない。そう思うと、大事なことは大事なひととかけがえのない時間を過ごす以外にないはずなのに、どうしてそれができないのだろうと。それは生の一回性が、本当に大事なものをわからないようにさせているからだと思うんです。ひとは二回めがないと、本当に大事なものを見つけられないようにできていて。

穂村　取り返しがつかないと後悔が確定するよね。母が死んだときに、最後の会話がなんだったかがすごく気になったのね。もう何十年も会話してきたのに、最後の言葉だけ気にするのも変な話なんだけど。実家から戻るときに、もう目も見えなくなった母がよたよたと玄関口に出てきて靴下を持っていけと言ったのね。面倒だなと思ったけど、さすがにそうは言わなかった。「ありがとう」と答えたんだけど、完全に「面倒くさいなあ」という態度だった（笑）。というのを思い出して、表面的には最後の言葉が「ありがとう」だったということに固執したんだけど、これって相手のことはぜんぜん考えてなくて、ただ自分が最後に親にひどいことを言わなかったと思いたいだけだよね（笑）。

編集部　後悔することを無事免れた、と。

穂村　免れはしないんだけど、死の三カ月前にぎりぎり結婚もしたし、そんなに無体なことはしなかったよね、という思考のすべてがまったく表現者じゃない（笑）。

川上　それを言ったら、わたしもぜんぜん表現者じゃないですよ。

穂村　未映子さんは、そこがつながっている表現だからいいけど、ぼくはふだんのじぶんの主張を裏切る思考だから（笑）。ひとが生まれるときとか死ぬときみたいなぎりぎりの局面で、自分の表現の強度が維持できないことを思い知らされる。

70 エゴサーチ（穂村）

川上 穂村さんはエゴサーチしますか？

穂村 するけど……昔より「それもそうかも」と思う頻度が減ってきた。

川上 どういうことですか？

穂村 悪口を見たときに、むかしは「それもそうかも」と思えたんだけど、だんだんムカつくようになってきた（笑）。

川上 ふつう逆な気がしますけど（笑）。わたしはエゴサーチのルールがあって、本を出したときに一定期間だけ書名でするんですね。それすらもはや面倒なんだけど。名前で検索するとあまりにくだらないことばかりひっかかるので。でも、エゴサーチして得られるものってほとんどなくないですか？　褒められてるツイートをリツイートして、それをこつこつ貯めるのが力になるんだって言うひともいますけど、じぶんの好きな作家には、もっと超然としていてほしいと思うんです。

穂村　自分でも気づいていなかった才能とか美質を誰か指摘していてくれないかと思うんだけど、たいがい逆のことばかりが起こる（笑）。すごくうまい悪口だな、と思う。

川上　穂村さんは基本的に褒められてないですか？

穂村　そんなことないよ。ネットだもん。

川上　穂村さんを批判するひとって、男女どちらが多いですか？

穂村　ネットだから実際の性別はわからないけど、男性は見下すのに対して、女性は「吐きそう」とか書くんだよね。

川上　女性はどういうところに吐きたくなるんだろう。

穂村　恋愛観がキモいとかミューズ的な存在を求めてるとかじゃないかな。

71 霊（穂村）

川上　基本的に霊的体験もしたことないし、心霊とかお化けもまったく信じていないんですけど、なぜか暗いところがこわいときがあるんです。こわくないときもあるのに、ある瞬間こわくなるのが不思議で。家でトイレから階段が見えるんだけど、そこを見続けたらいけないと思うときとなんともないときがあるんですね。たぶん外的な要因じゃなくて自分の問題だと思うんだけど。

編集部　未映子さんは霊感ないんですか？　以前、北京に旅行にいったとき、紫禁城（故宮博物館）に入ったとたん、顔をものすごく顰（しか）めて「この場所はやばい。出よう」と言ったのが印象に残ってます。

川上　そんなこともありましたね。でも、霊感に関係なく、嫌な場所ってあるでしょう？

編集部　嫌な場所を感じるのが霊感じゃないんですか？

川上　そこに行けば必ずそうなるってわけでもなく、その日の体調とかも関係してるんですよね。

穂村　霊や宇宙人、天使とかを見る感度の高いひとの話をよく読むんだけど、彼らのなかで混在してるんだよね。たとえば横尾忠則さんは宇宙人とコンタクトするけど、途中から天使ともコンタクトし、日本の神も出てくる。逆に、未映子さんが向こうの問題でなくこっちの問題だと言ったように、向こう側には区別なんてなくて、単にそのときのこっちとの関係性の問題なのかという気もする。そうなると、コップはコップ、机は机として別々の物としてある次元とは違うわけで、あるものが宇宙人であり天使であり日本の神であるという状態もありうるのかなあ、と。体験としては事実だと思うんだけど、それを言語で説明されたときに混在しているから、どうなってるのかなと思う。

川上　霊的体験の根本にはほかと共有できないというのがあって、共有しようと思ったらラベリングが必要になって、ラベリングされた瞬間に嘘になるので、こういうものは絶対に事実として確定できないんじゃないですかね。

穂村 あ、そうか。さっきの女性器が口に出しがたいという話は、こうすれば口に出せるという話ではないから、出せないということの共有性がある。しかし、霊的体験は口に出せちゃうんだよね。

川上 それは霊的な体験を言うことの価値が社会的にあるからじゃないですか。占いだって、それの延長上ですよね。見えないものが見え、わからないことがわかるわけだから、それは価値がある。

編集部 霊と言うと、オカルトとかおどろおどろしいものをつい想像しがちですけど、たとえば風や雰囲気みたいな目に見えないものや複雑すぎてシンプルな言葉で言えないものを、そういうものとして言葉を与える技術という気がします。

72 おしっこ（編集部）

穂村 最近、頻尿に悩まされてるんだよね。

川上 夜中にどのくらいトイレに行くんですか？

穂村 四、五回かな。

川上 多いですね。水分は摂ってるんですか？

穂村 水分はわりと摂るんだけど、それは昔からそうなのに、最近とみに起きてしまう。

川上 精神的な問題なのでは？

穂村 むしろそれが頻尿という現象らしくて、現実には尿が溜まってないのに尿意だけがするっていう。本当に尿が溜まるのは多尿って言うんだって。

川上　詳しいですね（笑）。

穂村　検索して覚えた（笑）。

川上　それで思い出したけど、わたし、小学校のときジャンプするとその反動でおしっこが漏れる時期があったんですよ。縄跳びをするともうびしょびしょになっちゃって。夏だろうが冬だろうが漏れてたから、冬とかはすごく冷たくてつらかったなあ。どうやって隠していたんだろう。

穂村　それは季節がいつだろうとつらい話だと思うけど（笑）。どうやって治ったの？

川上　いつのまにか治ってました。一六歳のときにもずっと残尿感に悩まされてたんですけど、それは確実にストレス由来だったから、やっぱり精神的なものが大きいんじゃないですかね。

穂村　ジャンプするとおしっこが漏れちゃうというのはインパクトあるね。同じ尿の悩みでもなんでこんなに違うのか……（笑）。

川上　妊娠中も笑った瞬間に漏れたりして、けっこう尿漏れとは人生の節目節目で付き合ってますね。「少女はおしっこの不安を爆破、心はあせるわ」という詩も書いたし（笑）。

73　午後四時（川上）

川上　まだ午後四時に不安を感じますか？

穂村　眠るつもりのない時間に寝てしまって、起きたら夕方という不安があるね。

川上　子どもを産んでから、わたしにとって午後四時という時間がなくなってしまったんです。それまでは空気の薄いしんどい時間というかひとりきりで不穏にまどろむ時間だったんですけど、子どもを産んだあとは、ただ過ぎていく時間のひとつになってしまった。

穂村　ぼくは逆にそれを味わいたいという気持ちが、歳をとってから出てきた。似た感情がいくつかあって、「生活感」のところで言ったけど、部屋が安吾のようにぐちゃぐちゃでもドラマみたいにおしゃれでもない中途半端な醜さをむしろ味わいたいと前より思うようになってきた。不思議なんだけど、自分の持ち時間が減ってくると、じつはそれこそが自分の実存にリンクした場所であり時間という気になるのかも。

川上 それはノスタルジーなのか、それ自体の感覚を味わいたいのかどっちなんですかね。

穂村 それ自体の感覚だと思う。やっぱりそれはある別の世界への扉であって、しかも真夜中とかわかりやすく誰にでも開かれている扉とは違う生々しい世界への扉なのでは。

川上 午後四時は「自分だけの」と思える特別な扉であると。

穂村 だから、みんなはどう思っているのかがすごく気になる。会社にいるとき、わざわざそれを確かめに午後四時にほかのフロアの様子を見にいったりしたからね（笑）。

川上 午後四時に必ず穂村さんが現れるっていうので、ほかのフロアの人は、不安に

なったりしたんじゃないですか？（笑）

穂村　あと、どんよりしたくもりの日に、窓の外の雑居ビルが並ぶ最悪の——最悪というのは、きれいでなく、かといって本気の汚さでもなく、ちょっとかっこつけようとしてそれがかえってみすぼらしくなっているような——風景を見て、みんなはこの景色をどう思っているんだろう、とか。

川上　穂村さんはそこを見事に言語化してみせるけど、みんな言葉にはしなくてもなにかしら同じベクトルのことは感じている気はします。

穂村さんはエッセイで「曇天の午後四時はおそろしい」と書いていて、ほんとにそのとおりだと思いましたけど、たぶん「おそろしい」というよりは、ちょっとずつ空気が抜かれていくような感じなんですよね。昼が生の時間で、夜が死の時間だとしたら、ちょうどそれが移行していくあいまいな時空で、そういうあいまいな時空のおそろしさを一言で集約すると「午後四時のおそろしさ」となるんだと思います。

穂村　前に夕方のファミレスに入ったときに、ぼく以外だれもいなくて、ウェイトレスさんに、「このだれもいない西日の射し込むファミレスをどう思いますか？」と訊きたくなった。

川上　（笑）。わたしの午後四時って友達と別れ、でも家に帰ってもいない、ひとりになりがちな時間で、つまり世界とじかにふれあう時間だったんですよね。いま思うと、そこでいろいろと大事なことが起こっていた気がします。

74　オナニー（編集部）

川上　この言葉の響き、嫌だなあ。聞くのも読むのも嫌だなあ。

穂村　ある時期「マスターベーション」に置き換えられそうだったのに、また復活してきたよね（笑）。

川上　わたしも小説で書くとしたら、絶対「マスターベーション」ですね。「オナニー」は『ＳＰＡ！』とか読んでるような気分になるので（笑）。

編集部　絶妙に最低な感じの言葉ですよね（笑）。

川上　「マスターベーション」の中立さと比べると、『オナニー」は男性文化の言葉で、男のへらへらした欲望そのものがにじみでてる気がするんです。あんたたちの性事情とか知ったことじゃねえよ、みたいな気持ちになる（笑）。

編集部　「自慰」はどうですか？

川上　「自慰」はまだやってるほうも辱めを受けているというか、後ろめたさがあっていいんですけど、オナニーは一方的に欲望むき出しな感じで嫌ですね。にやにやしてる感じ。

穂村　「マスターベーション」が嫌ってひともいるけどね。逆に中立的なニュアンスが嫌なんだろうけど。

川上　でも、やっぱりオナニーには知性がないですよ。

75 加齢（編集部）

川上 加齢ってなにか対策してますか？ 穂村さん、けっこう加齢を恐れていると思っているんだけど。

穂村 ちょっと矛盾するようなんだけど、おしゃれをあきらめると確実におじさんになっていくから、おろおろしてもわからないなりについていこうという方針。というのは、「デブ」とか「ハゲ」とか一般的にマイナスと思われる弱点があっても、他の部分がおしゃれでありさえすれば、むしろそれをプラスに転化できるということが、おしゃれなおじさんたちを見るとわかったから。

川上 得意科目を作って全体の平均点を上げよう、みたいな。おしゃれの場合は手応えのなさは感じないんですか？

穂村　髪型とちがってまずはモノだからね。ただ、まったく自分ではわからないので、完全にカモだよね。お店のひとに言われるままに買っちゃう。

川上　わりとおしゃれにお金使っちゃうほうですか？

穂村　たぶん……未映子さんの五〇分の一くらいだと思う（笑）。

川上　スーパーに行って、「うわ、このドレッシング七〇〇円、高い。ないわ」とか言って棚に戻すのに、ファッションにかんしては惜しみなく散財してしまう。買い物ってなんであんなに楽しいんだろ。

穂村　いわゆるハイブランドの服はいろいろ敷居が高くて手が出ないんだけど、未映子さんはそのへんを買うから。いつぐらいから、ひとはハイブランドに行くものなの？

川上　基本的にやっぱり昔から好きなんですよ、洋服が。それで『ヴォーグ』とかうっとりしながら読んでるんだけれど、若いころってお金がないから見てるだけなの。路面店とかも異世界だった。だから、ハイブランドが生活に入り込んでくるのって、やっぱりお金の問題が大きいですよね。収入が増えてくると二〇万円のスカートとか五〇万のバッグとかがファンタジーじゃなくなる瞬間があって、じっさいに着たり持ってみたりすると、もういろんな意味で戻れない（笑）。それと同時に、若者向けのブランドが自分に似合わなくなっていることも発見して。それで、自然と気持ちと自分に似合うだろうものを求めていったら、いつのまにかハイブランドになってるって感じなのかな。もちろんカジュアルなものもたくさん着るけど。でも、穂村さん、体型をキープしてるし、見た目も若いから、若者向けブランドで行けるのはあるよね。

穂村　ぼくはその階段を上がらない気がするなあ。前に教わったエディ・スリマンの本を読んで、服を見に行ったんだけど、店内をふわふわ歩くだけで試着すらできなかったから。巻きワラを立てる場所がそもそも見つからない（笑）。

川上　穂村さんは絶対に長生きするから、じょじょに階段を上がればいいんじゃないですか？（笑）

穂村　じゃあ七〇歳くらいになったらハイブランドに（笑）。

川上　一緒にお買い物しよう（笑）。

76 めんどくさい（穂村）

穂村　これはぼくにとって大きなキーワードだなあ。「めんどくさい」というのはほとんどデフォルトの気分というか感情で、いつもめんどくさいと思ってる。

川上　ほんとに？（笑）

穂村　ぼーっとしてたらなにもしないまま一〇年くらい余裕で経っちゃいそうな恐怖感があるから、「表現者」のところで言ったように能動的に自分からなにかやるというよりは、言われたことをとりあえずやっていったほうが無難だと思う。自発性に期待していたら、ずっと中野ブロードウェイで古本を買う以外のことをしなさそう（笑）。

川上　でもそうやってなにもしないことへの罪悪感はあるんですね。

穂村　それはあるの。

川上　罪悪感はあってもめんどくさいと（笑）。

穂村　そう。

川上　いっそめんどくさいじぶんを解放しようとは思いませんか？　三年くらいなんにもしないとか。

穂村　別になにもしないことが楽しいわけじゃないからね。

川上　ああ、そうか。

穂村　ほんとうはぜんぜん違う自分でありたいの（笑）。

川上　ものすごく将来のオニと話しているみたいで、不安になる（笑）。穂村さんはどういう人生を送りたいんですか？

穂村　学生みたいな暮らし方で日々を過ごしたい。

川上　学生（笑）。わたし、あまりめんどくさいとは思わないんですよ。ただ、子どもを産むまで、眠かろうが体調が悪かろうがぜったいに六時に起こされる生活というのがどんなに過酷かわかってなかったですね。この間、ものすごく暑い日にプールに連れていったんですけど、公園でジャグリングをやってるひとがいて、阿部ちゃんがそれを見ながらお弁当を食べようと言うから、炎天下のなか、お弁当を食べたんです。それが、あまりの暑さもあって、これが現実だとは信じられなかったですね。一事が万事そんな調子で、二時間しか寝てないのに六時に起こされて、ご飯食べさせて歯を磨いて……というのを毎日やっている自分がとても信じられなくて、はじめて、ひとが「めんどくさい」と言っているのは、こういう気持ちなのかもと思いました。まあ、厳密にいうと、めんどくさい、ではなくて、「本気でつらい」なんですけど。

編集部　しかし、未映子さんの「めんどくさい」は明らかに外に原因があるのに対して、穂村さんの「めんどくさい」はなにもなくてもじぶんの内側から出てくるという違いがありますよね。

川上　なにもすることがないのにめんどくさいって感じはちょっとわからないかも。

むかし一緒に住んでいた女の子はまさに穂村さん的なめんどくさがり屋で（笑）、女優志望なのに、オーディションとか「めんどくさいから」って行かないんです。自分がやりたいことの第一歩となるチャンスなのに、それをめんどくさいと思えるのかがまったく理解不能でした。

穂村　ふとんカバーのなかでずっとふとんが団子になっているんだけど、それが直せないんだよね。でも、もちろん「直さないと殺すぞ」と言われれば直せるんだよ（笑）。

川上　そのレベルの話で言えば、わたしもそんなに部屋を整頓しているわけじゃないから、それをめんどくさいという語彙で捉えてないだけかも。そういうことか。

穂村　その団子が、何かの拍子に偶然、戻ったりしないかな、とずっと思ってるんだけど、戻らない。

川上　どういうこと？

穂村　だって、偶然団子になったんだから、偶然戻ってもよくない？

川上　穂村さん、よく五〇歳過ぎまで生きてこられたね（笑）。すごい幸運って気がします。

穂村　ほんとはさっさとカバーをあけて団子を直すほうが早くて、偶然直らないかと思ってるほうがよっぽどめんどくさいんだけどね（笑）。

77

犯罪（穂村）

穂村　ぼくが犯罪で捕まるとしたら、いけないことをしてしまうんじゃなくて、するべきことをしないタイプの犯罪だろうと思う。家族が死んだのをなんとなくそのままにしていたとか。あと、最近だと、時間がもったいないという気持ちがすごく高まっていて、家に着いたらすぐ服が脱げるように、ピンポンと鳴らして家人が出てくる前に、シャツの前のボタンを全部開けてるわけ。そのタイミングがだんだん早くなっていて、家のひとつ前の信号からもう全開で、信号が赤だったりするとその状態で立ち尽くしているんだよね。

川上　嘘でしょう（笑）。

穂村　たまたまそこにお巡りさんが通りかかったときに、わけを訊かれて「いや、時間がもったいないから、家に着いたときに少しでも早く服を脱ぎたくて準備してる……」と言って、「家はどこなんですか?」と訊かれて、「もうちょっと先なんですけど……」と答えて信じてもらえないってパターンで犯罪者になる気がする（笑）。

川上　それはあかん（笑）。

編集部　未映子さんは自分が犯罪を犯すとしたら、なにをしそうですか?

川上　うーん……なんでしょうね。

編集部　いちばんありえそうなのは、脱税かなと思いますけど（笑）。

穂村　うーん（笑）。

川上　ないよ、ないよ！　お金を稼いで遣うのは好きだけど、貯金はべつに好きじゃないから！

78 死（穂村）

穂村　俳優の萩原流行さんが交通事故で死んじゃったね。同じ街だからよく歩いてるのを見かけたけど。

川上　わたしがおそろしいと思っているのは、明日死ぬひとはいっぱいいるんだけど、そのほとんどが今日、明日死ぬことを知らないってことなんですよ。その事実に本当に耐えられないときがあるんです。

穂村　毎日、新宿駅で乗り降りしてるひとのなかに必ず何人かいるわけだよね。

川上　明日、死ぬことを知らないで、いま生きているという状態があまりにもこわくて。

編集部　でも、それが自分だったら、死ねばもうなにも関係なくなるんだからそんなにおそれる必要はないんじゃないですか？　病気とかはともかく事故であれば、どうせわからないわけだから。

川上　たしかに死はつねに一人称ではなくて二人称、三人称の体験なんだけど、でもやっぱりそれがいつか自分の身に起こるし、今もどこかで起こっていると考えると、おそろしくないですか？　もっとも、今はわたし自身のことよりは、オニにたいしてそうだったりするんですけど……。

穂村　事故とか脳梗塞みたいな血管系の病気だと一瞬のことだからその瞬間は恐れることもできないけど、癌のようなじわじわとくる病気の場合はこわいね。河野裕子って癌で亡くなった歌人の最後の歌集に「八月に私は死ぬのか朝夕のわかちもわかぬ蟬の声降る」って歌があって衝撃だった。自分が、どの季節に死ぬのか、ってもちろん知りようがないんだけど、最後の最後に、そうか「八月に私は」ってわかるんだよね。

川上　そういうのがいちばん嫌ですね。穂村さん、パッと死ぬのとじわじわ死ぬのとどっちがいいですか？

穂村　じわじわ来るほうが嫌だね。

川上　でもうじつはじわじわと来ていて、それをみんな知らないわけでしょう。ちょっと前までは余命宣告って必要だと思ってましたけど、いまは聞きたくないし家族にも知らせてほしくないと思ってます。知らなければ、ないのと同じだから。何月までって言われたら、だいたいその期間がどのくらいかってわかるし、日常にとつぜん非日常がぶっさするわけで、その非現実感にとても耐えられないと思うんですよね。

穂村　うん。お互いに弔辞を書いて交換しておこうか。

あとがき

穂村さんに会うと嬉しいのだけれど、いつも少しだけ緊張する。それはどうしてかというと、穂村さんは芸術におけるたましいの審問官のようだなあ、とつねづね思っているからで、いつもちょっとだけ、なにかを試されているようなそんな気持ちになるからだった。

「高級なチョコレートを食べるとき、いつも緊張するんだよね。その味がわかる俺なのか、って」

穂村さんがいつか話していたことだけれど、これはそのまんま、わたしにあてはまると思う。「穂村弘に面白いと感じさせられるわたしなのか」みたいな気持ちが、最初からずうっとある。しかも、今回はちょっといい感じだったからといって、次に会うときはわからない。油断はできない。穂村さんに会うということは、自分の大事な一部をつねに賭けつづけるような、そんな行為に近いような気がする。おおげさじゃなくて。

自意識が強くて感受性も旺盛で面倒くさそう、と思われがちなわたしだけど、じつはけっこう鈍くて、たとえば人に嫌われるのとか気にならない。誰にどう思われているかも、どうでもよかったりする。ただ穂村さんだけはべつなのだ。でも、それは好かれていたいというのともちょっとちがっていて、正確にいうと、穂村さんにだって嫌われてもかまわないのだと思う。そう、わたしの願いはただひとつ。それは「どんなものでもいいから、穂村さんに衝撃を与えたい」ということで、つまりわたしはどこかで穂村さんのことを人だと思っていないのかもしれない。審問官って言ったけど、芸術を査定する、ある意味で絶対的な器官、そんなふうに思っているのかもしれない。

穂村さんは、なにか感じるものがあると手帳をとりだして書き留めるのをわたしは知っている。でも、わたしと会っているときに手帳を取りだしたのはたった一度。あと、忘れられないのは雑誌ではじめて対談した帰りのこと。ふたりで歩いていて駅に着くと、穂村さんは「じゃ」と言って逃げるように帰っていった。そのときはそれでよかったんだけれど、ずいぶんあとになってから「あのとき、わたし話し足りなくて、お茶でもどうですかって言おうとしたら、穂村さん、ぴゅーって帰っちゃったんだよ」と言ったら「え、それはないはず。

僕はそんなふうに女の人に会ったら、必ずお茶に誘うから」と言われて、ショックだった。穂村さんの「女の人の定義」から漏れたことはいいのだけれど、なんていうの、穂村さんのたましいに何の爪痕も残せなかったことに、いま思いだしても瞬時に「ぐぬぬ……」という熱い思いが甦る。

わたしは穂村さんが死んでしまうということを、けっこうよく考える。たぶん穂村さんは一〇三歳くらいまで生きて、すごく偉い歌壇の長老みたいになるんだろうけれど、でもさすがにわたしよりさきには死ぬはずで、だとしたら、わたしは穂村さんに弔辞を読むことになる。そのとき、たぶんわたしは、穂村さんとの思い出、穂村さんのすごいと思うところ、穂村さんへの感謝、などなどを大泣きしながら話すんだろうと思う。でも、そのとき、いちばん聞いてほしい穂村さんはもういない。それは穂村さんに限らず、誰だってそうで、もしかしたら弔辞っていうのは——葬儀じたいがそうであるように、生き残った人たちのためにこそ、あるものなのかもしれない。でも、ここでもまた、穂村さんだけはちがっていて、わたしが穂村さんに読む弔辞は、やっぱり穂村さんに聞いてもらわないと困るのだ。もっと言えば、ほかには誰もいなくてもいいかもしれなくて、とにかく穂村さんにだけは聞いてもらわないと、すごく困る。

そんなわけで数年前、じつは穂村さんへの弔辞を書いてみたことがある。「いまはもういない穂村さんにむかって……」で始まる手紙は、最初のほうこそ弔辞的な社会性をまとっていたけど、だんだんなにがなにやら、あれもこれもが入り交じって、涙にまみれたほとんど殴り書きになって、最後はなんだか「交信」のようになってしまった。

書いてみて、さすがにこれを生きている穂村さんに送るのは意味不明すぎるし気持ち悪いからやめよう……と思って少し時間がたったあとに考えてみると、やっぱりわたしは、穂村さんに書きながらも、なにかべつの大きなものにむかって書いていたんだよな、という気持ちになった。あるいは、穂村さんの「人じゃない部分」にむかって。そして、もしかしたらわたしは、わたしが穂村さんを思うときにあらわれる「人じゃないなにか」になりたいと、ずっと思ってきたんじゃないだろうか。それがすべてになればいいと、思っているのじゃないだろうか。それはたとえば……言葉ともの、言葉と現象のあいだに、あるとしかいえないようなもの……？　なんだか、どこからどう見てもスピリチュアルな人の発言になっていてびっくりだけど、でも、最後が交信みたいになったのも、そういうことなんだと思う。

呼吸する色の不思議を見ていたら「火よ」と貴方は教えてくれる

夢の中では、光ることと喋ることは同じこと。お会いしましょう

穂村さんの歌です。言葉の、生きていることの、わたしたちが有限であることの、でも本当にはなにひとつわからないことの本当さで、胸がふるえます。いつだって、もしかしたら世界はいま生まれたのじゃないかと思わせてくれる視力。もう動かないと思っていたものを脱臼させて、そこから流れてくるものが光だと気づかせてくれる言葉。穂村さんと世界のあれこれについて話をすることができて、そしてそれを読んでもらうことができて、心からうれしいです。本当にありがとう。

川上未映子

たましいのふたりごと・単語リスト

川上未映子選		穂村弘選		編集部選	
1	打擲	3	香水	7	銀色夏生
2	おめかし	5	未来	9	ペット
4	永遠	11	喧嘩	10	兄弟姉妹
6	便箋	12	生活感	14	ルサンチマン
8	人たらし	13	牛丼	15	世界地図
17	ラグジュアリー	20	ホスピタリティ	16	悪人
23	結婚	22	眠り	18	外国語
25	疾風怒濤	24	自己愛	19	旅行
32	許せない	26	老化	21	万能細胞
33	自己犠牲	29	白滝	27	しゃぼん玉
35	泣きたい気持ち	30	親孝行	28	お菓子
38	晩年	31	かっこいい	34	仏の顔も三度まで
39	病気	36	日本	37	上京
41	大島弓子	40	物欲	45	薔薇
42	詩人	47	昭和	48	依存
43	憧れ	52	ブラジャー	49	なんちゃって
44	媚び	60	ファミレス	53	見栄
46	四月	64	武器	54	夏休み
50	失敗	65	お金持ち	55	サウナ
51	お別れ	68	表現者	58	過保護
56	スノードーム	69	後悔	59	コンビニ
57	伊勢神宮	70	エゴサーチ	61	永井均
62	夜	71	霊	63	ミステリ
66	初体験	76	めんどくさい	72	おしっこ
67	美容院	77	犯罪	74	オナニー
73	午後四時	78	死	75	加齢

川上未映子　かわかみ・みえこ
一九七六年、大阪府生まれ。二〇〇七年、「わたくし率 イン 歯ー、または世界」が芥川賞候補となる。二〇〇八年、「乳と卵」で芥川賞、二〇〇九年、『先端で、さすわ さされるわ そらええわ』で中原中也賞、二〇一〇年、『ヘヴン』で芸術選奨文部科学大臣新人賞、紫式部文学賞、二〇一三年、『水瓶』で高見順賞、『愛の夢とか』で谷崎潤一郎賞を受賞。その他の著作に『すべて真夜中の恋人たち』、『あこがれ』、『きみは赤ちゃん』など。

穂村　弘　ほむら・ひろし
一九六二年、北海道生まれ。歌人。一九九〇年、『シンジケート』でデビュー。以後、短歌のみならずエッセイ、評論、絵本など幅広く活躍している。二〇〇八年、『短歌の友人』で伊藤整文学賞を、連作『楽しい一日』で短歌研究賞を受賞。主な著作に『ラインマーカーズ』、『手紙魔まみ、夏の引越し（ウサギ連れ）』、『世界音痴』、『にょっ記』、『絶叫委員会』、『ぼくの短歌ノート』など。

たましいのふたりごと

二〇一五年一二月二〇日　初版第一刷発行

著者…………川上未映子
　　　　　　穂村　弘
発行者………山野浩一
発行所………株式会社筑摩書房
　東京都台東区蔵前二―五―三　〒一一一―八七五五
　振替　〇〇一六〇―八―四一二三
印刷…………三松堂印刷株式会社
製本…………三松堂印刷株式会社

ISBN978-4-480-81527-9 C0095
乱丁・落丁本の場合は、左記宛にご送付ください。
送料小社負担でお取り替えいたします。
ご注文・お問い合わせも左記へお願いします。
筑摩書房サービスセンター　電話〇四八―六五一―〇〇五三
〒三三一―八五〇七　さいたま市北区櫛引町二―六〇四